我等春风吹过来

王国军 著

北京燕山出版社

图书在版编目（CIP）数据

我等春风吹过来 / 王国军著 . — 北京：北京燕山出版社，2016.7
　　ISBN 978-7-5402-4158-2

　Ⅰ . ①我… Ⅱ . ①王… Ⅲ . ①长篇小说 – 中国 – 当代 Ⅳ . ① I247.5

中国版本图书馆 CIP 数据核字 (2016) 第 124655 号

我等春风吹过来

WO DENG CHUNFENG CHUI GUOLAI

| 作　　　者：王国军
| 责　　　编：郭东梅　王梦楠
| 责任校对：甄　飞　杜　睿
| 封面设计：山水悟道文化工作室
| 社　　　址：北京市西城区陶然亭路 53 号（100054）
| 网　　　站：http://www.bjyspress.com/
| 微　　　博：http://weibo.com/u/2526206071
| 电　　　话：01065240430
| 传　　　真：01063587071
| 印　　　刷：廊坊市博林印务有限公司
| 开　　　本：880mm×1230mm　1/32
| 字　　　数：130 千字
| 印　　　张：5.75
| 版　　　次：2016 年 7 月第 1 版
| 印　　　次：2016 年 7 月第 1 次印刷
| 定　　　价：38.00 元
| 出版发行：北京燕山出版社

版权所有　翻版必究

前言

我把叹息和苦痛,
灌输在这本书中,
你要是把它打开,
就露出我的隐衷。

谨以德国诗人海涅的一首短诗作为前言送给亲爱的读者们。

目录 CONTENTS

前言··001

第 一 章··001
第 二 章··008
第 三 章··030
第 四 章··043
第 五 章··059
第 六 章··066
第 七 章··089
第 八 章··096
第 九 章··118
第 十 章··128
第十一章··153
第十二章··162

第一章

1

张顺发四十多岁,中等个子,为人随和,就是没个老婆。他父母死得早,人又不够聪明,亲戚也不多,身体也不好,有时连医药费都是问题。

后经人介绍,张顺发花五百元"娶"了个有些痴傻的老婆。张顺发有了老婆后,手中已没多少钱。最近因为忙着,也就没顾老婆的事情。今天看着头发蓬乱的老婆,心中难受,就提桶水给她洗头,见她衣服破烂,又想给她换件衣服,正想着,听人喊道:

"顺发哥,这是我们去年穿的衣服,给嫂子穿吧!"说着递了一袋衣服过来。

"是紫霞呀,还是你们留着穿吧!"张顺发伸手推了过去,拒绝接受。

这紫霞三十来岁,身材苗条,虽是干农活之人,脸却没有被太阳晒黑。她和张顺发平辈,她老公老秋见张顺发孤身一人光景不好,时常帮助张顺发耕田种地,张顺发为了感谢老秋,也时常抓些鱼虾送给他做下酒菜,还经常与他一起喝酒。老秋知道张顺发娶了个媳妇,缺少女性衣服,才托紫霞将自家不穿的衣服送给他。

"我们多着呢，穿不完。还嫌这些东西占地方，你拿去和你老婆一起穿！不能穿的也就丢掉吧！"紫霞说着硬塞给他。

"这……"张顺发有些不好意思，但还是接住了，无非以后多给她老公送几次鱼虾作为报答就是了。

"拿着吧！你经常和我们老秋一起喝酒，这是他让我送的。"她说完，笑着离去。

张顺发谢了，将袋子里衣服一件件抽出来，红的、绿的、蓝的、黄的，有十来件之多。只是适合他穿的只有一条裤子和布衫而已，其余都是女装。

他见老婆是中等个子，就挑几件衣服，又烧一锅热水给她洗洗刷刷换上，她穿的鞋子是张顺发的拖鞋，不过看起来比先前精神多了。张顺发的老婆看着自己的新衣服倒也傻傻地笑了。

2

张顺发的老婆已经躺在医院，她没有病，相反还应庆祝一下，她给张顺发生了一个儿子。这孩子名叫张竹，是他请村子的老教师取的。新的生命诞生了，张顺发高兴，他的邻居也为他高兴。医院不是张顺发能待得起的地方，他儿子出生两天，他们就回家了。邻居们送来了他们缺少的小孩衣服、鞋子、尿布、玩具，而暂时能用的只是几块尿布。

一天，张顺发被村干部派去上工，老婆不能自理，孩子小，不能带着，只得托人照管，让别人给老婆送口饭吃。他上工回来已经晚上八点，老婆坐在院子洋槐树下打盹，两只老母羊卧在她旁边倒嚼，另外几只小羔羊在院里顶架。它们见张顺发的老婆傻傻坐在地上，就来到她背后立起来，前腿往她肩膀上一搭，在她脖子上嗅来嗅去，或者咬她衣领，或者拽她头发，或者在她背后不轻不重地顶她一下。她生气了，就换个地方坐，那些小羔羊没拴着，可以随意活动，就跟着她闹。它们闹够了，围着她卧下来，她也时不时抚摸着它们光滑而洁白的身子，傻傻笑一阵。若是她端着碗吃饭，这些小羔羊还要来混饭吃，趁她没注意，嘴巴往她碗里一伸，捞上几口。有时它们弄翻了她的碗，气得她呜呜乱叫，张顺发见了眼一瞪，寻根树枝抽它们几下，抽得它们咩咩直叫，远远躲开。有一次，一只小公羊来她这里混饭吃，将她馒头啃了一口，张顺发正好在抽旱烟，烟袋窝就扣在它头上，那小公羊头上火星乱飞，尖叫一声摆着头躲开了，结果它头上冒了一股白烟，被烧黑一块。

张顺发回来，进了堂屋，擦起一根火柴点上煤油灯，煤油灯虽然点上了，但厨房里看起来还是阴沉昏暗。他家是三间土坯屋，东房是厨房，靠墙角处还放着他糊的一口长方体泥巴缸，这缸是他用黄泥巴和铡碎的麦秸和在一起糊成的，是装粮食所用。只是他家老鼠多，他糊的泥巴缸总是被老鼠在边边角角打了洞进去，偷吃了里面的粮食。村子的猫知道他家老鼠多，总是从门缝钻进他家屋子来抓老鼠吃。中间那间是堂屋，西房则是他和老婆的卧室，不仅如此，他家的几只山羊也拴在西房，它们吃喝拉撒全在这里，弄得屋里臭熏熏的，别人进来受不了那种味道。他家院子倒是不小，只是没个院墙，也没篱笆围着。别人劝他盖个羊圈和自己分开住，他一来没有多余的钱，二来不放心，怕羊被人偷了。农村不住牛羊是常有的事，人家盖的红砖房，结结实实的门窗，都被撬了门偷去了牛，他土坯屋，没个好门窗，就更加担心害怕。他院子里有棵碗口粗的洋槐树，前几年他养了十来只鸡，那鸡晚上飞到树上

第一章

睡觉，一天他没在家住，结果那十来只鸡被人家偷得只剩两只了。他一气之下，将剩余两只鸡拿到集市上卖了，从此再不养鸡。他又在院子里开个小菜园，种些辣椒、茄子，在周围用树枝围了个篱笆，村子那些没圈养的猪、牛、羊见了，一个个上去，拱的拱了，踩的踩了，吃的吃了，气得张顺发掂个锄头撵着它们打，还因为不小心被砖块绊个跟头。

张顺发刚点了灯，就想起一件事来，他儿子张竹还在紫霞家，他今日上工，没法带孩子，便托紫霞照看一下。他正想抱回孩子，便听一人道：

"顺发哥，你刚回来吗？"

"是的，我正想去你们家呢！"他见紫霞抱着他儿子来了，笑道。

"不用了，俺们老秋也刚回来，孩子睡了，你放到床上去。"紫霞说着，将孩子递给张顺发。

"麻烦你了！"张顺发接过儿子，见儿子睡得安稳，一面笑一面谢，又一面将儿子放到满是臭味的西房床上。

"唉！谢什么谢。你挖了多少树窝？"紫霞叹气，似乎有什么心事。

"怎么了？叹什么气？"张顺发见她叹气，疑惑地问。

"俺们老秋挖了二十五个树窝，主任只记了十九个！"紫霞一脸愤怒说。

"那六个呢？"

"被他吃了！"

"这个……"张顺发有些惊讶。

"下次见他，非骂他不行！"

"算了,几个树窝也犯不着!"

"你看他家里多排场,真不知道怎么弄的。"

"都像焦裕禄就好了。"

"哎,他们这些人呢!"紫霞叹着气。

"村子人都骂他,回来时老秋还说腰疼,我让他去看看,他说家里有膏药,贴贴就行。"

"唉!不说了。"紫霞觉得忘了什么,又道:

"有件事想跟你说下,你以后要注意点。"

"什么事?"张顺发有些疑惑。

"今天我把孩子送嫂子这儿吃奶,恰巧有人来问我借东西,我就回去拿,先将孩子给嫂子。嫂子按住孩子头紧紧按在奶头上,孩子还哪里吃得了奶?连气都出不来!"

"后来呢?"张顺发脸色白了,他去西房看看孩子,孩子睡得很安稳。

"这是李秀珍先看见的!她也没有过去帮忙拉一下,说来也怪我,不该把孩子给嫂子哄。不过,总算没有出什么问题,下次嫂子给孩子喂奶你可要小心了。"

"我知道,她先看见的?"

"是啊,她躲在墙角偷看,还和她十来岁的侄儿说:'你去看看那哑巴的孩子死了没有?'"紫霞说时,一脸愤怒,她对李秀珍这种人讨厌透顶。

"你亲眼看见?"

"我还骗你?我从她后面过来抱孩子,她侄儿还拿一根树条在嫂子脸上抽了几下。我一来她就噘着嘴走了,本来想说她两句,都是一个村的,就算了。这种人,你离她远点。"

第一章

张顺发听了,端起煤油灯出了屋子,在老婆面部仔细看了看,见老婆左眼角有一道血痕,忍不住骂道:

"王八蛋,一个傻子你们也来欺负!"

"你说说这种人,她侄儿不懂事,她也不懂事吗?"

"行了,我知道了。"张顺发一肚子气,却无处发泄。

"哎,你有个孩子多不容易,以后千万注意。"

"是……"张顺发长长吁了一口气。

"我也回去,你还没吃吧?要不跟俺们老秋一起吃吧。"

"不了!"他本该说些客套话留紫霞吃饭,但紫霞告诉他的话让他气饱了,让他本该说的话也不愿意说了。

紫霞走了,张顺发坐在院子一块砖头上抽旱烟,一团团烟雾将他笼罩着,让他显得越来越忧愁,越来越憔悴。不过,今天还是有一件事让他觉得高兴,他老婆有了名字,叫"李氏"。这名是他们大队一位老师给取的,这位老师说花哨的名字可以取,但要看人,像张顺发这种老婆,有个名字总比"哑巴""你老婆"叫着好听些。

他抽完烟,就烧火做饭,做的是面疙瘩打鸡蛋。他本想吃面条,但要用邻居家压面机压面才行,儿子还小,又睡在床上,万一他去压面条孩子醒了哭了,自己就不知道了。他做好饭,就给李氏盛一碗端去,自己坐在厨房椅子上吃,屋子里的广播还在响着,播的是广告。他家原装广播坏了,他拿一个小喇叭代替着,一条线接广播线,一条线接地线就可以使用,这种广播在二十世纪末渐渐在农村消失了。

吃完饭,张顺发将院子的山羊牵进西房,他和老婆、儿子就睡在旁边床上,对于屋子里的骚臭味,他已经习惯了,至于李氏和不到一岁的张竹即使不能习惯也只得忍受着。他屋子地面没有铺砖头，就和土路一样，生满跳蚤，使他们晚上睡觉不住在身上挠来挠去，无法安稳入睡。张顺发觉得身上哪里瘙痒了，就在那个地方一摸，百分之九十都可以摸到跳蚤，他摸到跳蚤，就用力一捻，将它们捻死。张顺发捻破跳蚤，也捻了一手指血，他没地方擦血，就擦在床腿上。为消灭跳蚤，他用药治过几次，但总是治标不治本，这些跳蚤在他那又骚又臭的土坯屋减少一段时日后，又恢复原来的程度，他也懒得再收拾它们。为防止小羔羊乱拉乱尿，那些在院子没拴的小羔羊在被赶进屋子后都被张顺发拴了起来，只到早上才将它们放了，让它们自由。

第一章

第二章

1

时光匆匆，转眼三年过去。张顺发的儿子张竹已经会走路，会说话。他看起来有些瘦弱，动不动就伤风感冒、头疼脑热，隔三差五被张顺发带到医院看病。最近一年张顺发总是害病，总是往医院跑，听说检查出结石来。他干点重活腰就疼起来，不干又不行。为赶集和上医院方便，他花了二十元买了辆破旧的飞鸽牌自行车。一天，他从黄花镇买萝卜和白菜种子回来，别人便笑道：

"怎么了？又给医生送钱花？"

"没有。"他只会这么说，他不想得罪任何人。对有些人来说，人生一张嘴，不拿来讥讽人，倒显得亏了。

无聊是一件可怕的事，人一无聊便想找事做。李氏每天除了睡觉、发呆、吃饭，什么事也做不好。她去放羊，张顺发还怕羊吃到有毒的东西；她去田地拔草，张顺发还怕她将庄稼苗拔下来；她去洗衣服，张顺发还怕她洗的衣服被河水冲走。她也不知道衣服该在清水处洗，还是在浑水处洗，更不知道使用洗衣粉和毛刷子。

葫芦村东边的一条小河也不过七八里长，曲曲折折的，雨水多的季节才可以看到河水流淌，冬季多是死水。河里布满芦苇和杂草，不少人喜欢在这里捕鱼。夏季水多，而倾盆的大雨可以在几个小时内使河水猛涨。干旱时，这条河可以过汽车。水库放水，不少人就在这条河洗澡游泳，而洗衣服的妇女和钓鱼的孩子也不在少数。这条河向西南方向流去，和栗河交汇。

一天，李氏见两位妇女在桥边洗衣服，忍不住无聊的日子就带着三岁多的儿子，提着一桶衣服晃晃悠悠地来洗衣服。其中一位妇女已经将衣服洗完，她弓着腰走上台阶，显得有些难受，自言自语道：

"腰啊！"

她甩甩手上的水，又在裤子上擦几把，吁了一口气坐在桥栏上休息。她是李二嫂，也是葫芦村人，快五十岁了。

桥前水域不深，一米四五左右。河里散发出水草的腥味，远远可以嗅到。放眼望去，河流高低不平，有的像陆地，杂草丛生；有的空出一片，像小小的湖面。时不时可以看见翠鸟一头扎进水里捕鱼，鸬鹚漫步在河边。水鸭、水鸡在芦苇荡叫个不停，它们登萍渡水时发出的声音让人兴奋无比。青蛙坐在浮萍上，偶尔跳起来咬住一只飞虫，游鱼、螃蟹、水蛇也随时可见，这一切将葫芦村这条河装饰得神秘而又美丽。

另外一位妇女还在桥边洗衣服，李氏到另一边去洗，她们见她将衣服在水里晃几圈便提起，就笑了。

"这李氏倒也不错！"李二嫂笑道。

"顺发叔有个儿子就好。"正在洗衣服的张兰说，她三十多岁，脸色黝黑，十年前就嫁到邻村，最近在娘家住，顺便帮父母做些杂活。

"你叫什么名字？"李二嫂问张竹，虽然她知道，但还是要问。喜

欢明知故问，是这些人的通病。

"张竹！"他沉默一会儿说。

"你爸爸呢？"张兰问。

张竹不说话，往南边一指。

李二嫂和张兰直起身向南看，果然见张顺发在南边菜地躬着身子干活。

"这孩子将来一定能成大器。"李二嫂随便说。

"那就好！"张兰边洗衣服边说。

张竹不懂她们说的什么，捡块坷垃扔在一只青蛙身边，吓得那青蛙一跳又跳地逃到远处，乐得他嘻嘻笑起来。李氏赤脚下到水里，拿件衣服在水里搅来搅去，别人知道她是傻子，也不给她纠正。

李二嫂准备回去，只听扑通一声，张竹栽到了水里。他在水里挣扎着，呜呜乱叫。李氏依然将衣服在水里搅来搅去，对儿子掉进水里浑然不知。

"哎哟！这孩子……你孩子掉河里了！"李二嫂惊叫起来。

"咋了？"张兰问，她还不知道发生了什么事。

"哎呀！这人真傻！"李二嫂跳进水里，将张竹抱起来。张竹哇哇大哭，又是一阵咳嗽，脖子上挂满水草。

"你看多危险！"张兰瞪了李氏一眼，在埋怨李氏。

李二嫂抱着张竹上了岸，轻轻拍着张竹的背，摘去他脖子上的水草，安慰道：

"别哭！别哭！爸爸马上就来！"于是提起嗓门向南喊道：

"张顺发！张顺发！"

蹲在菜地拔草的张顺发抬起头，向声音传来的地方望望，见是李二嫂喊他,就丢下活向桥边赶去。

"张顺发!张顺发!"李二嫂依然喊。

"来了,来了,怎么了二嫂?"张顺发问。

"你孩子掉河里了!"

"怎么回事?"张顺发听哭声,知道是儿子,只是不知出了什么事。

"没事了,孩子在河边玩,不小心栽下去了。你老婆脑子不够数,怎么让她带孩子呢?"

"就是啊!"张兰跟了一句。

"我大意了。"张顺发被人埋怨,脸上一红,不好再说什么。

"以后可要小心。"李二嫂和张兰齐声说。

"那是,谢谢。"他一边道谢,一边接过儿子,又一边对儿子道:"怎么不听话呢?河边多危险!"

张竹默然无语,他意识到自己犯了错。张顺发见老婆还在那里将衣服搅来搅去,一手抱着孩子,一手抓住李氏肩膀将她拉上岸来。李氏有些惊恐,将衣服丢在一边,只听"啪"的一声,张顺发已经狠狠打了李氏一耳光。李氏眯着眼,连下意识的防卫也没做就倒在地上。

"哎哟!你这人是怎么回事?"李二嫂和张兰见张顺发打李氏,急忙过来拉开她。

"混账东西!家里待着不行吗?"张顺发骂李氏。

"她脑子不好,也不能怪她。"李二嫂和张兰将李氏扶起来,拍拍她身上灰尘,将她带来洗的衣服收拾了给她,推着她,比划着让她回家。李氏红了一边脸,噙着泪,拖拉着一只蓝色拖鞋和一只红色拖鞋回家去了。她不知什么原因变成了傻子,也不知是哪

第二章

里人,也不知还有没有亲人,也不知她以前的日子是怎么过的,也不知她下雨住哪里,饿了吃什么,冷了穿什么。对于别人的讥笑、嘲弄、咒骂她可能不懂,但她挨打是知道疼的,她知道又能怎样?她不懂反驳,不懂维权,连哀求也不懂,别人替她求情,也只是一时的。她虽然是个人,却不是一个完整的人。张竹看到了这一幕,他没有哭,没有笑,没有忧伤,也没有欢喜,但这种记忆必定会在日后像刀子插进他的心脏一样,让他痛苦不堪,难以忘记。

"你打她做什么?她给你生个孩子还不够吗?"李二嫂和张兰不满地说。

"你们不知道……"张顺发五个字的回答让人觉得真的什么都不知道,觉得李氏真的有很多可恨之处。人们往往用"你不知道"这几个字搪塞一切,故作神秘,但也因此给自己省去许多嘴巴上的麻烦。

"她要是明白人,你打她,她还长点记性,你说她一个傻瓜,你打她有什么用?可怜吧唧的!"李二嫂还在劝张顺发。

"就是,没见过你这样的人,明明是你自己没看好孩子,偏偏埋怨别人。你把对别人好的一半用在她身上,也算是给你积德了!"张兰也在劝张顺发。

她们劝了张顺发几句就回去了,张顺发瞪着李氏远去的背影,愤怒至极,他知道自己有个儿子是多么不容易,万一被淹死了,以后谁来养活自己?他蹲在地上问儿子:

"摔疼了吗?"

"没有。"张竹低声回答。

"衣服全脱了,身上洗干净再说。"张顺发说着脱下儿子的衣服,给他浑身上下洗了一遍,又把他的衣服洗了才上岸。张顺发让儿子赤身裸体，只让他穿一双鞋子，他怕儿子穿上湿衣服会生病，就没敢让他穿。此时太阳像火球一样烤着大地，他儿子不穿衣服他倒不担心。

张竹将手指伸进嘴里咬着，这种情况张顺发并不觉得奇怪，他经常看到其他人家孩子将手指放在嘴里咬着。据说治疗这个毛病要用银针在孩子手指尖扎上几个小孔，挤出一些血才能防止孩子将手指伸进嘴里咬来咬去，至于怎么扎，只有医生知道。他拿起儿子衣服，一面领着儿子走，一面警告他不要再来河边玩耍。至于三岁多的张竹到懂事的年龄还远着呢，他下次该犯还犯。

道路两旁种满了南瓜，南瓜秧爬得到处都是，那如手掌般的叶子被火辣辣的太阳晒得耷拉着，叶子上布满了细小的毛刺，没人愿意碰它。几朵黄色的南瓜花飘来阵阵清香，引来了勤劳的蜜蜂，它们嗡嗡地飞进花朵里，蹭了一身花粉出来。这花儿也有雌雄之分，雄的单单开一朵花，雌的则带上果实，等果实长大就可以炒菜了。

张顺发今年除了种些辣椒和豆角之外，其他蔬菜一棵也没种。辣椒和豆角他昨天已经摘回家，只有再等三五天才能采摘一次。早上张顺发顶多热几个馒头，搅一碗面水，炒一碗菜；中午就是面条，在锅里撒一把青菜，加几滴香油进去，味道可是鲜美至极。夏天他可以种点蔬菜，冬天就没有那么多蔬菜种了，就算他种，也不够吃。他没菜吃的日子也不少，没菜吃时，他就剥两颗蒜头就着馒头吃，张竹和李氏自然也跟着啃干馒头。为了味道好点，他剥几颗蒜头放在碗里，撒些盐将蒜头捣成蒜泥和点清水蘸馒头吃。如果没蒜头，有一两个干辣椒，他就将干辣椒切碎，在锅里炒一下，加一碗水烧开后撒上一把白面和一些盐进去搅拌均

第二章

匀，再让它们烧一阵就做成了"青椒膏"，"青椒膏"做成了，他就用勺子舀到碗里蘸馒头吃，这"青椒膏"也是他爱做的一道菜。如果连辣椒和蒜头都没有的话，他就在面水里撒些盐，将馒头掰成一块一块的泡着吃。其他人家吃的牛肉、羊肉、猪肉、鸡肉、鸡蛋，他连想都不敢想，他吃的最多的肉还是鱼肉，后来他觉得吃鱼肉费油，就不敢多吃了。在葫芦村，乃至黄花镇也没有几家像他这么艰苦，他虽然想改变现状，但也不是那么容易。不过，他觉得现在的日子比一九五八年困难时期好多了，那时吃的都是窝窝头高粱面，哪有什么白面馍吃？想到这里，他的心中就稍稍平衡些。

自他有了儿子，既当爹又当妈，身子是越来越累，越来越差。张竹动不动吃药打针，张顺发亦是如此，而李氏除了勉强可以放羊之外，给不了他任何帮助。他有时间就去工地干活，有的人出生后没有了父亲，有的人出生后没有了母亲，有的人没有了父母，而有的人出生不几天就死了。张竹虽然有父有母，但母亲却是傻子，他也因此没有得到过母爱，也不知道母爱是什么。

体弱多病的张顺发也懒得再种什么菜，对于他来说：在路边掐一把野苋菜吃已经不错了。往年他可以到河里掐水芫荽蒸着吃，可以钩洋槐树上的花蒸着吃，可以钩构树上的嫩穗蒸着吃，可以掐扫帚苗蒸着吃，可以采豆田的马食菜蒸着吃，可以采野辣菜凉拌吃，可以掐枸橘上的嫩芽凉拌吃，可以抓花豆娘炒着吃，可如今他什么也不想采，什么也不想抓，他很累很累。

2

对于张顺发来说，逗羊可是一件有趣的事情。他家这只老母羊已经养了五年之久，他的烟钱与酒钱都是靠这只老母羊产下的小羔羊获取的,虽然这些小羔羊卖不了多少钱,但有个小收入缓解下经济压力也是件不错的事。

狡猾的老母羊实在没有什么可逗的,在张顺发眼中它上不了自己的当。还是两三个月大的小羔羊最可爱,可爱的理由来自它们的调皮、捣蛋、聪明,甚至那副整天活蹦乱跳、快乐无比的样子。仿佛它们知道自己在三四个月后就会被卖掉、屠杀,成为人类美食,就在几个月内尽情地欢乐,好让自己死得没有遗憾。

张顺发不用别的,就在树上扯下一根带绿叶的树枝在他家小羔羊面前一晃,这小羔羊便万分欣喜地随着树枝的移动而移动,就连老母羊也急得从眯着眼睛到眼睛睁得又大又圆,眼巴巴地望着张顺发手中树枝上的绿叶。只是它被绳子缚住了,任它如何伸长脖子也无济于事。张顺发扬起树枝,不让小羔羊轻易吃到,只引得它们竖起身子去吃树枝上的绿叶。正欢喜之时却听有人叫道:

"张顺发,张顺发。"

"谁啊?"

"老九!"

"哦!"他回头看时,正是老九。老九三十七八岁,小小的眼睛眯成一条线,微微向上倾斜着,他总是带着笑意,整个人看起来既聪明又伶俐。他住在村南,和张顺发同辈,张顺发比他大,不过他向来对张顺发只呼其名,张顺发为人随和,也不在乎这些。

"你忙不?"

"也忙,你有什么事?"

"我院子有棵树,你帮我放倒吧。"

"放树还要请别人?"

"你不知道,昨天搬粮食扭到腰了!"他说着拍拍自己的腰,一

第二章

副痛苦的样子,不过真看不出他是真痛还是假痛。

"这样啊?"

"对啊,麻烦你了!"

"我想去打除草剂呢!"

"多大点事,明天天热,打着效果好!"老九笑着说,但今天天有点闷,闷得快要下雨。

"行吧。"他说着将树枝丢在地上,老母羊想吃够不到,小羔羊将那树枝上的绿叶吃了。

3

张顺发随老九去了,老九家是三间平房,拐了一间厨房,周围有个院墙,都是红砖砌成,大门是两扇大铁门,比张顺发家气派多了。老九院子有座水压井,墙角拴了一只大黑狗,那黑狗见张顺发来了先是叫两声,接着又摇头摆尾地表示亲热。老九指着院子一棵七八米高的洋槐树道:

"树根周围的土我都挖了,后来觉得不妥,就来找你。"

"挖得太早了,你放倒它做什么?"

"先泡在河里,过一段时间做车厢。"

"做车厢倒不错。"张顺发看看这棵树道。

"就是,你上去后先把那些树枝给锯了,再把绳子绑上去,得慢慢把它放倒,我怕砸到院墙!"他说着递给张顺发一盘大拇指粗的麻绳。

张顺发答应了,接过绳子脱了鞋在周围看了看,他想看看从哪攀登比较好。他看准粗糙的一面,将绳子系在腰间抱起树干像猴子一样开始往上攀爬。他一边爬,一边道:

"找个孩子上树倒比我强。"

"我知道,孩子们都上学去了。"老九笑道。

"这树有些晃,你挖得太早了!"

"就是说,你慢点,等会儿下来喝茶吸烟。"老九一边说,一边掏出一根白河桥烟塞进嘴里点着。他看着张顺发往上爬,刚才却忘记给他让烟了。

"等一下!"

"你慢点!"

"哎哟……"咔嚓一声,一个黑影从树上掉了下来。

张顺发穿的是黑色衣服,他闷哼一声从树上摔了下来,老九急忙过去扶他。原来张顺发不小心踩在一根朽树枝上,整个人就摔了下来。急得老九连忙问道:

"你怎么样了?"

"没事……"张顺发嘴上说没事,却咬牙咧嘴地捂着腰,显然是在忍疼。

"哎!"老九叹着气,脸也白了,他知道张顺发摔得不轻。

张顺发疼得咬着牙,他一手撑地,一手捂住腰,一时站立不起。老九一手挽住他胳膊,一手按住张顺发所捂的地方,问道:

"怎么样?要……要不要紧?顺发哥,你慢点……"

张顺发摇摇头,冷汗已经冒出来。他见老九喊自己"顺发哥",心中不知苦笑了多少次,想让老九喊自己哥,可真不容易。若非今日给他帮忙摔这一下,"顺发哥"这三个字势难从他口中说出。说实话,哥不哥的张顺发也不愿意听,他被摔这一下也是极不情愿的。

"好像什么……什么……东西垫到我肋巴骨了?"张顺发慢慢从背后摸了摸,摸出一节将近半尺长、拳头粗、歪七扭八的树

第二章

根出来。这节树根垫在了他右边的肋巴骨,他捋起衣服,老九见那地方紫红紫红的,张顺发只觉疼得厉害,却看不到摔成什么样子。

"谁把它放这儿的?"老九瞪大眼睛,夺过张顺发手中的树根远远抛了出去,对这树根产生了怨恨。但这树根正是他挖出来的,他从来不埋怨自己,只埋怨外界事物。

"哎呀……我的腰啊……我的肋巴骨……"张顺发疼得叫了起来,他本不想叫,他怕老九怀疑他故意叫疼,好讹他钱。不过他实在忍受不住从树上摔下来的痛,幸好下面有一堆碎土,不然真不知他能摔成什么样子。

"慢点!慢点!唉!真是的!"老九扶着他,有些怨言,却不敢让他站起来。

"哎哟……"张顺发依然呻吟着,他想捂住所有痛的地方,只怕得一千只手。

"顺发哥!你别动啊,慢点!"

张顺发点点头,心中乱糟糟的,还不知道今天是死是活呢。老九心中也乱着,迎着堂屋门喊道:

"秀芹!秀芹!秀芹!你死哪儿去了?快点出来!"

"来了!来了!在缝衣服呢!"一位三十四五岁的妇女从堂屋出来,她中等个子,脸色不黑不白,穿着黑色裤子,红色衬衫,让人一看就是一个地地道道的农村妇女。她就是老九的妻子秀芹,李秀珍是她的亲姐姐,她们都嫁到了葫芦村,但两姐妹的心肠却有很大不同,一个心地善良,一个心肠毒辣。

"喊这么大声音你没听到吗?"老九有气没处发,责备着妻子。

"屋里放着收音机呢,顺发哥,你怎么坐在土上?"秀芹见张顺发坐在一堆碎土上,奇怪地问。

"没事!"张顺发勉强说。

"就你话多,顺发哥不小心从上面摔下来了!"老九瞪了妻子一眼。

"啊……那……那赶紧上医院哪。"秀芹瞪着眼睛,惊讶了。

"我知道,先让顺发哥缓一缓,快把自行车推出来,我带顺发哥去看看。"

"好,我马上。"秀芹要进屋推自行车,又回头道:

"自行车怕不行,得用拉庄稼的车子,不然颠簸着怎么受得了?"

"那你快点拉出来,让顺发哥上去,还啰唆什么?"老九烦躁不安,不住地埋怨妻子。

4

秀芹将拉庄稼的车子拉出来,老九扶着张顺发慢慢上了车子去七里村找薛中医。一路上二人不住叹气,到了薛中医那儿,薛中医听说张顺发是从树上摔下来的,就道:

"伤筋动骨的事,你们还是到医院拍个X光好些。"

"哎呀……这个……我走得急,就拿了十元钱!"老九摸摸口袋,他知道上医院要花不少钱。

"这个……唉……算了吧!给我拿瓶正骨水。"张顺发一脸惆怅地说。

"这个不贵!就五角钱!只是像你这样……你先用吧!"薛中医摇摇头道,他知道,一瓶正骨水对从树上摔下来的人起不了什么作用。何况张顺发还疼得一头冷汗呢!

"先用着吧,我以前也不知摔了多少次,过几天就好了。"

老九说着递给薛中医十元钱，薛中医接住了，给了张顺发药，找回九元五角钱给老九。老九一推，笑道：

"钱也给他。"

薛中医如老九所说，将钱给了张顺发，张顺发摇头不要。

"让你拿着就拿着，那么多事！"老九坚定地说，他想用钱来安慰张顺发。

"我有。"张顺发一肚子气，却无处发泄。

"咋了？摔一下就不高兴了？能有多大事？你几十岁的人，也跟娃娃们一样！"老九似笑非笑地说。

薛中医将钱给了老九，老九接住硬是塞进张顺发的口袋，张顺发腰和肋巴骨疼得厉害，不好推辞，只有收下。薛中医这里看不出张顺发摔成什么程度，老九只有拉着张顺发回去拿了三百元钱，同张顺发到医院做了X光检查，结果查出张顺发的肋骨断了一根。张顺发暗暗心惊，满腹惆怅，他想的第一件事就是：孩子谁来照看？农活谁来干？饭谁来做？医药费谁来出？医生说这肋骨是接不上的，还让他三个月内不要乱动，好好休息。老九青着一张脸，半天也不说话。回到家，老九将医院的检查结果向妻子说了，秀芹惊问：

"那怎么办？"

"什么怎么办？"

"不给人家赔钱吗？"

"说实话，全怨张顺发！都说让他小心点，他还能踩到朽树枝上！"老九将手指握得啪啪作响，愤怒地说。

"你不去请他能出这事吗？"秀芹埋怨丈夫。

"我说你是我老婆？还是他老婆？"老九红着眼，瞪着妻子说。

"神经病!"

"你说谁呢?"老九眼红得要流出血来。

"还能有谁?"

"信不信老子掐死你?"老九说时,似欲动手。

"哼……"秀芹转身向堂屋走去,她不想再跟他说什么,甚至不想跟他过日子。这日子让人害怕,让人担心,让人愤怒,她看着丈夫那双血红的眼,便似看到恶魔的眼一样。不多时秀芹提着一个篮子出来,上面盖了不少麦秸。

"你干什么去?"老九问妻子。

"你说呢?"

"是给张顺发?"

"不给他给谁?"

"那也用不着全部拿去,明天我吃什么?孩子吃什么?"

"都出这事了,你还在乎这些?"丈夫的抠门,让秀芹感到愤怒。在她眼里,张顺发是因为给自己帮忙才受伤的,她和丈夫理应负这个责任。

"你怕什么?听我的,留一半下来!"

"一半?"

"怎么?听不懂?"

"总共才三十多个!"

"给他二十个就够了!"他对张顺发本来就瞧不起,张顺发这次摔伤让他破财,又让他拉着去看病,被葫芦村不少人看到。他觉得他拉着一个穷光蛋去看病让他很没面子,他打心底里对张顺发产生了怨恨。不过,他与张顺发并没有什么大仇大恨,只是平常喜欢对张顺发这个穷光蛋冷嘲几句罢了。

"太少了吧？"

"够了，还给他钱了！"

"多少啊？"

"除了医药费，还给了他一百块！"老九当时给张顺发看伤花了一百多块，为了安慰他又硬是给他一百块，剩余的几十块钱，他留着当零花钱，主要是买烟抽。

"那……毕竟人家是为了帮助咱们才摔到的。"一百元在九十年代初期也不是小钱，他知道一部分给张顺发看伤，一部分又给了他，良心上也就过得去。

"算了，算了，你想给他就全部给他吧，也算咱们倒霉……"老九不想多说什么，他平时就讨厌人啰唆。

秀芹提着篮子去张顺发那里，一路上还有人问她干什么去。她说借人家的鸡蛋，去还给人家。别人也只嘻嘻一笑，并不多问。

天快黑了，秀芹来到张顺发院子，除几只山羊卧在树下眯着眼睛，耷拉着耳朵休息之外，只有李氏坐在这些山羊身边打盹。秀芹看看李氏，又摇头叹了一口气。

张顺发同老九从医院回来，就吃了些药躺在床上休息。他一翻身，肋巴骨和腰就疼得厉害，小便时他只得扶着床沿和墙慢慢出去解决。他本该住在医院，可他知道医院是个花钱如流水的地方。老九虽然有责任给张顺发看伤，也曾说让他住院几天，可他觉得只要不动手术，住在医院和家里没有什么两样，他也不想使人破费，他知道他使别人花的钱越多，别人就越在心里恨他。就算老九不在乎这些，他也不可能让老九将一切费用承担了，毕竟他们是一个村的，自己也多多少少有点责任，分文不花是不可能的。而唯一能使自己少花钱的办法就是不住院，就好比他平时肚子疼没钱看病时,就烧碗开水抓些盐丢进去趁热慢慢喝进肚子里来压制肚子疼。只要这些土法管用,他就不去诊所,不去花钱,凡此种种,仅仅是他省钱的门道之一。

秀芹来到张顺发堂屋门口,一股羊骚味扑鼻而来,让她差点呕吐出来。她见门半掩着,也不敢贸然进去,在门口喊了一声。张顺发听是秀芹的声音,应了一声,扶着床沿来到门口。见她提着一篮子东西,虽然知道她是什么意思,却还是问道:

"你这是……"

"都是老九不好,这些鸡蛋你先吃着,好好休息。地里活你也别担心,我们先给你做着。"她说着,将一篮子鸡蛋放进他堂屋。张顺发想拦她,让她收回诚意,秀芹却道:

"你睡着吧,我让老九买了些排骨,等炖好了给你端来。"

"不用了……"

"都是自己人,还见外,赶紧躺着吧。" 秀芹劝着,希望他好好休息,早日康复。她见事情办完,就要回去。张顺发劝她拿回鸡蛋,她死活不肯,出了堂屋门就快步回去了,张顺发无奈,只得收下。

老九见妻子回来,问道:

"张顺发怎么样了?"

"伤筋动骨一百天,今天才摔的,那么就快好了?"秀芹白了丈夫一眼。

"他穷疯了,不一定要讹咱们多少钱。"老九冷哼一声。

"你说你自己上树不行吗?非要请别人!"秀芹在埋怨丈夫。

"就你话多,之前你怎么不说,事后诸葛亮!"老九也白了妻子一眼。

"咦？"

"怎么？"

"怎么？你说怎么？这事你和我商量过吗？"

"事情已经出来了，你说怎么办？"

"那看张顺发怎么样了！"

"看他？他说要一万就给一万？"

"你看你，一万够盖房子了！"

"你说看他嘛！"

"走着看吧！"

"没什么好看的！过两天再给他二百块钱，就说咱们还欠债，没钱了。谁让他不小心，活该！"

"人家也是为了帮咱们才摔伤，你不请人家，人家能摔到吗？咱们好歹给他治得差不多，他有老婆孩子，还要吃饭，就他一个人能干活，你说怎么办？"

"你真贱！他一百天干不得活，我们还给他干一百天？给他帮两天就不错了。"老九冷笑着。

"我贱？再贱也没你贱！自己能做的事情还请别人，你好好的，又没什么毛病！"秀芹对老九讨厌极了，她还不知丈夫骗张顺发说腰疼，好让张顺发来帮他放树。

"你再给爷说一句？"老九瞪着眼，扬起手，准备打妻子。

"你打下看看！"秀芹双手插腰，挺胸立于老九面前，根本不怕他打。

"给老子滚回娘家去。"老九发火了。

"谁怕你个野人！"秀芹说完转身进堂屋去，这时她两岁多的儿子忽然在床上哭起来，她急忙进了卧室抱起来晃着哄着。若不是出张顺发这个事,她真想抱上孩子回娘家去。

老九气得脸色铁青,只顾坐在椅子上抽烟。秀芹将孩子哄睡之后,就打着手电骑上自行车去七里村老合作社买了些排骨回来,她本想让丈夫去买,可刚才跟丈夫吵了一架,就赌气亲自去买。七里村与葫芦村相距不远,一来一回也就半个钟头的时间,老九见妻子忽然买排骨回来,有点奇怪。心想:"咱们刚刚吵完架,你就买排骨回来?按理说你应该不做饭,饿我一顿才是。"秀芹见丈夫一脸疑惑地看着自己买回来的排骨,冷声道:

"你以为是给你吃的?"

"那是给谁?"老九更加疑惑。

"你自己说人家肋巴骨摔断了,不给人家做点端过去?往后村里人知道了,还不指着你脊梁骂?"

"行行行,你想咋弄就咋弄!"老九觉得妻子说得有理,也不敢反驳。秀芹做好排骨汤,就盛了一大钵子,另外铲些菜拿几个馒头,全部装在盆子里让老九端给张顺发。老九到了张顺发家门口,一股羊骚味扑鼻而来,他知道张顺发家还没用电,见屋子亮着煤油灯,他忍着骚味进了门,喊道:

"顺发哥,睡着呢!来来来,喝点排骨汤。"他不敢问张顺发的腰还疼不疼,他自己也知道:今天才摔到,不疼才是怪事。

"没呢。"张顺发勉勉强强下床,他知道自己要是再躺在床上,老九一定认为是做给他看的。张竹坐在床上玩耍,见老九端着盆子进来,爬到床边,见里面都是吃的,眼巴巴地望着。

老九将菜、馒头、排骨汤摆在他床头的箱子上,将盆子拎在手中,说道:

"哎,趁热吃吧。本来说树放倒了咱们喝点小酒的,这……

地里活你也不要操心了,先休息两天吧。"他见张顺发一脸惆怅,只得说些宽心话安慰他。

"没事,我能干就自己干。"张顺发叹口气,不想说什么。

"行行,有什么事你就说。我帮不上,我让别人帮。时间也不早了,你赶紧吃了睡吧。没什么事的话,我就回去。"老九不愿在这儿多待一分钟。

"行行,你忙吧。"张顺发也知道他不愿多待,顺着他说。

老九嘱咐张顺发几句就回去了,张顺发、李氏、张竹喝了老九送来的排骨汤,吃了菜和馒头,又将山羊牵进屋子才睡。

第二天早上,秀芹让老九再给张顺发送饭。老九冷哼一声道:"你给他送鸡蛋,就不知道他屋子跟猪窝一样,熏死人!"

"我知道,他可怜吧唧的,你让他那些羊拴哪儿去?你觉得难闻,送了饭就回来,也没让你待一天。平白无故咱也不会给他送饭,你不送,就是你的不对,以后还让葫芦村的人怎么看你?"秀芹劝着丈夫,她这样做也是为丈夫好,避免别人对自己家人指指点点。

秀芹的话,老九无言以对。他只得再给张顺发送饭,可他将饭送到张顺发家时,张顺发一家人正在院子里吃饭。老九觉得奇怪,问道:"你腰不疼了?能自己做饭?"他却不知,张顺发昨天晚上没睡多长时间,他的腰和肋巴骨本来就疼得厉害,可他的儿子张竹昨夜又在床上翻来翻去,小手小脚时不时地抓到或踢到他疼的地方,使他一个晚上都像被严刑拷打一样,无法入睡。到凌晨三点多时他才睡着,五点多时李氏下床小解碰到张顺发,张顺发疼醒了。张顺发气得无奈,一个是自己不懂事的儿子,一个是自己的白痴老婆,他见天亮了,也就起床弓着腰忍着疼去厨房做饭。

"不疼了！你端回去吧！"张顺发觉得老九在故意讥笑自己，有点怒了。

"端个啥呀？这不给你送来了？你饭咋做这么早？"老九也知道张顺发怒了，不敢多说什么。

"小家伙夜里翻腾得厉害，没睡着；憨家伙快明时，又给我碰几下，我干脆起来算了，饭你端回去吧！我这儿吃着呢！"张顺发实话说了。

"都端来了，还端回去？给给给，吃不完你留着。"老九这才明白，也知道刚才话说得有点冒失，急忙将饭菜端到张顺发一家人面前，尴尬地笑了笑。

张顺发家没有桌子，吃饭时饭菜就摆在地上。他有时在院子吃饭，见一阵风吹来，急忙将饭碗、菜碗端起来，防止灰尘吹到碗里。有时风来得急，他只顾着端菜碗，饭碗里就被吹了一层灰尘，他端起饭碗将灰尘吹到碗边，用筷子拨出去继续吃。对于"吃饭"一说，北方和南方不同，在北方吃面条、煎饼、米饭、馒头、糊嘟都可以称为"吃饭"，而饭碗在北方多数指的是盛有小米粥、玉米粥、面水、面条、稀饭的碗，盛有米饭的碗自然也包含在内。在南方，有人问你中午吃什么时，会问你"吃饭"还是"吃面"？如此一问，北方人就奇怪了：吃面就不算吃饭了？在北方，吃面就是吃饭，而吃饭，未必就是吃面。"吃饭"在南方就分得稍微清楚点，多数指吃米饭，也有不分的，几个人一起干活，到了中午，当头的喊一声：都吃饭去。于是吃米饭的吃米饭、吃面条的吃面条、吃饺子的吃饺子、吃馄饨的吃馄饨、吃汤粉的吃汤粉。这"吃饭"一词，在不同人眼里，也就有了不同的含义。

老九端来的菜是秀芹炒的,香气扑鼻。张顺发一早牵出来的山羊闻到了,就伸长脖子眼巴巴地望着。没拴的小羔羊蹭头蹭脑想凑过来吃两口,被张顺发拿筷子在它们耳朵上抽了两下,它们退后几步,忍不住这香味的诱惑就又凑上来。老九见这些小羔羊皮得很,笑道:

"别让它们跟你一个碗!"

"不想拴它们。"

"行了,我回去了。你昨天不是说要打除草剂,我今天给你打了。"

"中,这两天你就帮帮,过几天我能干活,就不麻烦你了。"

老九答应着,叹几口气,回去了。

这两天,老九夫妻轮流送饭过来,张顺发的腰疼渐渐轻了。他见他们如此,心中倒有些过意不去,只说自己能做饭,只一些特别重的活还不能干,劝他们不要再来送了。老九夫妻见他确实能做饭,也就不再送饭过来,一些田地的活还要帮他干干。

又过几日,下了暴雨,水涨了,河边多了一些钓鱼的孩子们。青蛙在河边扯着嗓子歌唱,有的在水面游着,有的坐在岸边一动不动,总是显得那么悠闲自在。张顺发对钓鱼没兴趣,虽见那些孩子们一天钓的鲫鱼、鲶鱼、草鱼、鲤鱼、黄骨鱼有好几斤,但还是不愿去钓。他觉得钓鱼浪费时间,甚至觉得钓鱼是不务正业,他关心的是自己的庄稼,庄稼是他一年最大的收入,他一年的粮食都要从他的四亩八分地里获得。这几天休息,他疼痛减轻不少,于是赤着脚,拿一把铁锹,踏着泥泞的道路去视察自己的庄稼。他怕庄稼地里有雨水没有排出去淹死庄稼,就拿把铁锹准备用来排水。

雨是美好的，由于雨的到来，田野里望去绿油油的，一切都像新的一样，焕发着勃勃生机。张顺发几天不去棉花地查看，上面就生了虫子，总算老九给他田里打过一次药，不然更糟。天晴了，他准备再打一次药，治一治上面的虫子。但一桶农药有三十多斤重，以他现在的情况，是背不了的。不过他想了：他可以背半桶农药，可以慢慢给棉花喷药。

这一次他给棉花喷完农药之后，他的腰就疼了起来，他不得不再一次上医院。医生让他打几天吊瓶，又给他开了半个月药，使他花了四百多元，他不得不将家中的两只小羔羊卖掉。算来老九前几天给他的二百元和他摔伤当天给他的一百元，他还倒贴一百多元。别人知道这事，又在他面前翻着白眼冷笑道：

"你自己受罪，还倒贴钱！不找他们要去？"

"算了，都是一个村的。"

他倒贴的钱，所遭的白眼都不算什么，可他受的罪，断的一根肋巴骨，使他日后干重活时多多少少会受到影响，这些他找谁说去？他知道自己若是找老九要医药费，就等于和老九结仇了。他也知道这一次是打掉门牙往肚子里咽，都在一个村里住，还是不要太为难别人。

第二章

第三章

1

张顺发完完全全能干农活,已经是两个月后的事。学生们放暑假期间,他见村子里那些三四岁的娃娃们都被父母教着数数、认字,他也觉得应该教儿子数数、认字。再过两年,他就准备送儿子到大队的小学去学习,他自己只上过一年小学,多多少少认识几个字。

他先教儿子一笔一划写自己名字,再教他数数。教儿子写字时他也不用纸笔,就拿小树枝让儿子跟着自己在地面上写,从写自己的名字,到文字的一二三四和东南西北。教儿子数数时,他还特意从沙堆里找了十几个光溜溜的石头子,或三个一堆,或五个一堆的教儿子数数与认数。

张竹六岁时,进了七里村小学学习,刚入学那几天他天天逃学,都是由张顺发扭着打着送进学校去。时间长了,张竹也就适应了学校的生活。张顺发一把屎一把尿的将儿子拉扯大,原以为上学了就可以轻松一些,可没有想到张竹每学期的学费倒让他头疼起来。他身子不好,欠了不少医药费,不是东借西凑,便是去卖粮食,或者让村委书记开个"贫困证明"拿到学校,校长看了也就免去学杂费。实在不能免的,张顺发也就想尽一切办法将费用交上。

张竹的童年并不快乐。他学习不好,只能算中等,虽然他有心考全班第一,却总是不能如愿,甚至连前十五名也排不上号。他上小学这几年,总是因为学校的大小费用,被老师找来谈话。下课后,别人去玩游戏,他不去,总是一个人静静地坐着看课外读物。他变得沉默寡言,变得不合群。他在上小学二年级时,村子有玩杂技的人来找张顺发,建议张顺发让张竹跟着他们学玩杂技。

在九几年时,玩杂技是很吃香的,据说不少杂技团都发财了。他们劝张顺发让张竹趁小学个手艺,早点赚钱养家,张顺发身体不好,在外面欠了不少债,也就答应了。于是张竹辍学了,他在村上玩杂技这家住着,准备几天后就出发。可张顺发这几天看不到儿子,只看到儿子那挂在墙上的小书包,他就想哭,他想儿子。是啊,他儿子要出远门了,要离开他了,家中唯一能和他说话的只有他七八岁的儿子,他老婆只知道发呆,知道傻笑,剩下的老母羊又不通人性。谁都没有他的儿子宝贵,谁都没有他的儿子能让他开心,能让他欢乐。

他想了又想,觉得还是让儿子留在自己身边,继续让他上学好些。于是他以各种理由将儿子带回来,回来的路上,他将儿子背在身上,问道:

"你想吃啥?咱买去。"

"花豆娘,我想吃炒的。我不想玩杂技,不想骑独轮车,不想练下腰,我看到他们玩蛇就害怕。"他自己也知道家中困难,虽然他还不太懂事。

"咱不玩了,咱去逮花豆娘。"于是张顺发带着儿子去树上

第三章

逮花豆娘,逮住了就装在罐头瓶里,逮得多了就拿回家用油炒着吃了。有时花豆娘爬得高,他就用竹竿把它们赶下来,它们又飞又跳,张顺发就步履蹒跚地追着它们逮。他已经五十多岁,已经老了,但为了儿子快乐,他还是很卖命很吃力。张竹一岁多时发过几次高烧,张顺发因为钱不够,急得坐在医院门口哭。他没办法,只得抱着儿子在大队诊所给儿子看病,看完了就欠着,因为他欠的次数多,金额大,别人也就不愿意欠,逼得他只得去其他地方赊账。张竹没有母爱,却有伟大的父爱,他在感叹自己不幸时,却又感到高兴。

2

不知不觉,张竹已经上五年级了,已经十二岁了。他的个头也比一般同学长得高,在班上是数一数二的高个子,只是有些瘦弱。以前那些欺负过他的同学,再也不敢欺负他了,不过沉默寡言这种习惯他始终没有改过来,在别人眼里,他是一个标准的内向男孩。与此同时,张顺发的身高却降了下来,生活中的劳累使他渐渐成了罗锅,成了老头。

星期五上完下午第二节课就可以放学回家,周日晚上还要回校上课,而且在校住宿。七里村的小学已被规划为一个中心小学,方圆几个大队学校的五、六年级学生全部集中在这个学校。仅五年级就有二百来人,分为三个班,教室被挤得满满的,上课前教室内就像菜市场一样,乱哄哄的。只有班长和纪律委员吼上几声,班内才稍稍安静些。

这天中午下起毛毛雨来,有的家长怕雨下大了,子女放学后淋湿了衣服生病,就将衣服和雨伞送到学校来。有的怕耽误人家讲课,干脆站在校门口等着子女放学后将衣服和雨伞送到子女手中。张顺发来到教室门口给张竹送雨伞,老师问他找谁。张顺发说了,结果前排几位学生见张顺发是个老头,回头道:

"张竹,你爷爷来了。"

爷爷?张竹的爷爷早在四十八年前就死了。听说他爷爷发过财,只是死得早些,结果到张顺发就贫困起来。不过,张竹的父亲看起来确实有点像他的爷爷,别人的爸爸三十多岁,而他的爸爸却五十多岁,同学们误会张顺发是张竹的爷爷也情有可原。

"我是他爸爸!"张顺发纠正说。

"这是张竹的爸爸,你们不懂就不要乱说。"几位和张竹同村而且关系不错的学生说。

张竹出了教室,接过爸爸送的雨伞,又说马上放学,张顺发就回家去了。

"我们不知道你爸爸这么大岁数,当爷爷的才有这么大岁数!"坐在前排的学生向张竹吐吐舌头笑着说。

"你管呢,人家结婚晚嘛!"和张竹同村的张楠说。

"又没说你爸爸,你多什么嘴呢?"向张竹吐舌头的李可撇嘴说。

张竹白了李可一眼,气鼓鼓地将头低下,他又被人看笑话了。

"安静!安静!"班主任王老师是位二十四五岁的女子,她身材高挑,皮肤白皙,有着一双像星星一样的眼睛。她教的是语文,又会唱歌,又会弹风琴,还总是给学生们念一些优美的诗歌和散文,讲一些动听的故事,偶尔也教学生一些英语单词和简单的句子,学生们很乐意上她的课。她拿起三角尺在讲桌上敲了敲,敲得桌上粉笔沫乱飞,靠近讲台的学生则拿起书本来回扇

着，生怕粉笔沫飞在身上或吸入口中。

是的，粉笔沫是令人讨厌的，学生们希望学校能用一种不会产生粉尘的材料在黑板上写字。

教室里安静了，一个个抬头注视着老师。有的一只手撑着下巴，有的两只手撑着下巴，好听听老师下面准备说什么。

"这是最后一节课，你们就不能安静下来吗？"王老师皱眉说。

"能！"学生们异口同声地回答，但这个"能"字却拉得很长很长。

"等一下我们开会。王硕，你是班长，说说这个星期的情况。"王老师说，有的学生将头低下去，他们知道周五开会时会对这个星期内犯错的学生进行批评。

"除了几位作业没交的，也没什么！"王硕是班长，又是语文课代表。

"那要挨批评，究竟怎么回事？"

"一个说不会做，一个说马上交。"王硕如实回答。

"那要请教人家会的，课堂作业是一定要交的，记住没有？"

"记住了！"几位学生哼哼唧唧地回答。

"《匆匆》没有在组长那里背的有吗？"

"没有，都能背！"几位组长站起来说，说完就坐了下去。

"那就好，下个星期我可要挑人单独在我面前背了。"

"哼……"后面两位男生撇撇嘴，一脸不高兴。

"打架、骂人、捣乱、不认真听课的有吗？"

"这个……都批评过了。"王硕笑说，他和同学们处得不错，也不想将一些违反纪律的学生说出来，以免他们遭老师的批评，自己能替他们挡的，也就替他们挡挡，不然他也知道自己以后的班长没有那么好当。

"那就好,这个星期就不布置作业了。"王老师知道王硕不好意思说,只有自己多多留意班级问题。

"哇……太好了!"学生们高兴起来,对于他们来说,老师能不布置作业,那是最幸福的事,他们就可以安安心心地在家玩耍了。

"静一静!你们也别太高兴了,学校说下个星期要交三十元打乙肝疫苗针的费用!"王老师说完叹了一口气,她知道学生们最不愿意听的就是收费,她也知道自己班中有几个学生家庭条件不是很好,学校收费会加重他们的家庭负担,甚至会让某些学生产生辍学念头。

"什么?"

"怎么又交钱?"

"反正我不打!"

"我也不打!"

"我家里没钱,不交!"

"我把书包收拾收拾不来啦!"

有几个学生嚷着骂着,对收费之类的事情厌恶至极。他们都是未成年人,没有经济收入,所有的费用都要向父母张口要,他们知道他们一张口,父母就会和他们此时一样,唠叨不停,甚至可能会骂他们说:"你就会要钱!我上哪儿给你弄钱?"唠叨和骂都没有用,钱还是要一分不少地交上去,有的东借西凑,有的卖粮食。有时学校逼急了,老师干脆让没交钱的学生回家催着父母交钱。

"安静!安静!这是上面的规定,我也没有办法。"王老师

第三章

皱起眉头，顿了一会儿。

"老师，什么时候交啊？"一位学生举手问。

"后天晚上交。"王老师勉强一笑。在她心里，能少交些费用最好了，她希望每位学生都努力学习，考上好的大学。也希望每个星期能抽出一些时间给学生们讲讲故事，读读诗歌。

"希望大家都记住这件事，不要忘了。"王老师看了看手表，又道：

"还有十几分钟就放学，大家随便看看课文。"结果没多少人答应，班上一半的学生都为交费的事情烦恼。

"钱从哪里来？怎么交？"张竹在想，同学嘲笑他与父亲已使他不高兴，结果学校又要交打乙肝疫苗针的费用，他就更加烦恼了，只低着头看课文，却不知上面写的是什么。

"你交不交？"张竹正发呆，被同桌以胳膊肘撞了一下问。

"没钱啊！"

"没钱？"

"是啊。"

"三十都没有吗？"

"没有！"

"怎么可能？我家天天有鸡有鱼，我爸是武警！"

"嘿嘿！"张竹笑了笑，不愿多说。

"你不信？"

"信，怪不得你有钱。"

"我爸一个星期才给我五十元。"

"什么……我一顿饭才五毛钱啊。半块馒头两毛，一份菜两毛，一份稀饭一毛。"张竹惊讶地看着同桌，张竹个子高，对于现在的他来说每顿吃半块馒头是绝对吃不饱的。学校的整个馒头一捏就像鸡蛋一样大,半块馒头的分量就更不用说。

"嘿嘿,怪不得你那么瘦。"张竹同桌说完在他大腿上一捏。

"哎呀!"他同桌是个胖子,手劲很大,张竹受不了便叫了起来。

"张竹、李涛,站起来!"王老师观察他们很久了,这时已有几十双眼睛盯着他们。不少学生嘿嘿发笑。

张竹、李涛站了起来,各自低着头,像两根一粗一细、一矮一高的木桩。

"你们在干什么?"王老师走过来问。

"没什么!"张竹、李涛共同回答。

"没什么?那你们嘀咕什么?"王老师又问。

张竹、李涛把头低得更狠,仿佛已看不到头。

"一会儿别人放学,你们两个先留下来。"

"是!"他们不知道王老师要怎么处罚他们,正在胡思乱想。

3

放学的铃声敲响了,学生们所谓的"解放"时刻到了。他们感到轻松、愉快、欢喜,一个个收拾了书包,离开了学校。有的干脆不收拾,两手插在口袋,吹着口哨回家去了。父母问他们为什么不背书包回去,他们就说老师没有布置作业,而有时他们却说老师提前布置的作业已经在学校写完,不用背书包回去。他们童真、贪玩的心早已学会欺骗父母,他们父母多是庄稼人,也就不怎么在乎这些。

天空飘着毛毛雨,带着三级左右的风,他们的父母见子女出了校门,急忙送来衣服、雨伞、雨衣,有的觉得父母送来的衣服

和雨衣破旧，觉得太失面子，就不好意思穿在身上。有的星期天不愿写作业，周末就早点来学校，找一位优秀生抄抄了事。他们觉得可惜的是他们的家不在镇上，不然对他们来说，花上几元钱去游戏厅玩几把，也是一件不错的事情。他们站在游戏机前拍打着键盘，可以把比他们身高、体重大许多的游戏机拍得摇摇晃晃。老板见到，吆喝着：

"慢点！慢点！"

他们只当没听见，有的因为机子老化，画面卡在那里，打游戏的学生们便在机身下踹上几脚，结果机子正常运转。

"不教训教训你们，你们就不听话！"打游戏的学生对着游戏机怒喝着，仿佛自己就是一位了不起的游戏机维修员，他们见自己踹好了机子，颇有些骄傲和成就感。

"想死吗？"老板在巡查时正好抓到那些脚踢游戏机的学生，并在他们屁股和腿上踢了几脚。

"走走走，不玩了！"被踢的学生眼中充满了恐惧和愤恨。

"想走？你走下试试！给我站一边去。"其他打游戏的学生扭头看看稀罕，继续打他们的游戏。老板一脸怒气，见游戏机没有问题才放他们走。

学生们很快离开了教室，张竹、李涛还在那里站着，等着老师的惩罚与批评。

"上课时间，你们吵什么？"王老师问。

"王老师，门怎么办？"一位男生站在门口问，他负责关闭教室门窗。

"你回去，我来吧！"王老师甜甜一笑，对这位学生做事的认真与负责感到高兴。

那男生答应着,离开了教室。王老师看着张竹与李涛,但他们不说话,他们承认自己的不是。

"下次不能这样,你们都应该好好学习才是,尤其是张竹。"王老师知道张竹家境不好,希望他能努力学习,将来可以考上好的大学。葫芦村的小龙老师和她是亲戚,经常嘱咐她多多关照张竹。小龙老师今年二十六岁,在黄花镇中学当体育老师,与张竹是邻居,他的大姑是王老师的母亲。小龙老师经常送张竹一些作业本和圆珠笔,或者送一些蔬菜,或者送一些旧衣服,这使他的家庭减轻了不少负担。他们没有什么可以报答他的,只有自己捕捉一些鱼虾时,才挑些不错的送给他。

"是!"张竹、李涛终于开口了,而且很高兴,他们知道老师已经原谅他们。

"记住了,还有我下午交待的事情。"

"知道了!"张竹与李涛准备走。

"李涛先走,张竹等一下。"

"啊?"张竹觉得奇怪,面有不悦之色。

"你等一下再走。"王老师见张竹疑惑,又强调一次,李涛已经出了教室。

"现在没有其他人,有些话想跟你说。"王老师神色凝重。

张竹不语,不知道老师要说什么。

"你母亲是残疾人,你父亲还总是生病,你家庭困难,咋还不好好学习?"王老师声音很小,神色暗淡,对张竹这样的家庭很是怜悯,但又爱莫能助。

"我知道。"张竹有些不耐烦,他不希望别人过问他家人的情况,至于后面的问题,他没有回答,也不知该怎么回答。

第三章

"那你为什么不好好学习？"王老师又问，她觉得张竹只用了百分之五六十的功夫学习，觉得他抱着一种能学会就学，学不会就算了的态度来对待学习，并不像她想的那样：不懂的问题赶紧请教懂的同学或者老师，争取每个问题都解决掉。

张竹没有话说，低下头去。他也觉得自己并没有努力，在数学方面，他有时很想搞懂一个问题，但同学给他讲了几遍，他还是不明白。次数多了，他就抱着能懂就懂，不懂也不勉强的态度，但他却不知：有些事不是用功就能解决问题的。在老师眼中，他是一个很平庸的人，他自己也觉得自己不太聪明，甚至觉得自己有点傻。

"你和人家李涛比不了，人家家里有钱。"王老师又说。

"是。"张竹依然低着头，他确实没有别的话说。

"小龙老师说你在家很能干，靠捕黄鳝和泥鳅已经卖了不少钱，给家里减轻了不少负担，你送小龙老师的几条鲤鱼他说是你粘网抓的。他没空吃，就送给了我，我看你比别人能吃苦。"按理她应该称"小龙老师"表哥，但在这里称表哥为"小龙老师"算不上不尊敬，如果处处将"表哥"挂在嘴边，反而惹人闲话。

"我……"张竹不想说什么，也不知该说什么。他从上小学一年级就知道家境不好。他九岁时，与伙伴们在河里抓过一条筷子粗的黄鳝，张顺发就说让他存在水桶里卖钱。他自己不能像别人一样，每个月都有零花钱，只有自己想办法赚。为赚零花钱，他捡过锅碗瓢盆，捡过烂纸箱，但捡废品对他来说收益不大，因为农村人知道这些东西可以卖钱，向来存起来，不会随意丢弃，他就很难捡到这些废品了。

有一天，他在河里捕鱼，捡了一个四方形的渔网，这是下网者漏收的。他发现里面有条大拇指粗的黄鳝,他高兴坏了,知道这是黄鳝笼,就准备仿造一个。但他没有仿造的窗纱网,他问了窗纱网的价格,自己是买不起的。后来,他看到人家在建房工地上丢弃了一块过滤石灰用的窗纱网,他就捡回来泡在水里将上面的石灰泡掉,再用张顺发平时拆化肥包的线绳来缝制仿造黄鳝笼。等一切妥当之后,他又去挖蚯蚓,将蚯蚓塞在黄鳝笼里,趁着天黑下在河里。第二天早上他又趁着天刚刚亮,将自己下的黄鳝笼收回来,第一次他就抓了两条大拇指粗的黄鳝。积少成多,不到三个月的时间,他就靠捕捉黄鳝卖了一百多元,这时他才上小学三年级,才十岁。

　　他现在刚刚进入五年级,自己虽然能赚点钱,但与他们的开销比起来简直是九牛一毛。现在他要住宿舍,要在学校吃饭,他不仅不能趁着放学后捕鱼赚零花钱,还要花更多的钱,而大部分钱都从张顺发这个老人身上出。其实他比同龄孩子懂事多了,别人的孩子有新衣服穿、有遥控车玩、有玩具枪玩,他什么都没有,穿的是露肉衣服,玩的是泥巴捏的汽车、木头削的手枪。他有时有心将成绩提上去,但总是不能如愿,就好比许多做生意的人,虽然努力了很多,但还是失败了,有许多道理他还不明白,毕竟他才十二岁,还未成年。

　　"你家是困难户,我知道。但学习是你最好的出路。"王老师还在劝导张竹,希望他学习能更努力些。

　　"是,不——……"张竹没有把"定"字说出口,他同意老师的看法,也不同意老师的看法。

　　"是不一定,我比你大十几岁。那时也不容易,出门打工更不容易,何况你今年才多大?"王老师是七零后,她那时的生活

远不如现在,她羡慕现在的学生。现在的学生有新衣服穿,有玩具玩,有零花钱用,有白馒头吃,虽然还有一部分学生家庭贫困,但与自己学生时代相比简直是天壤之别。王老师见一些学生不认真学习,就说:"这么好的条件你们咋就不好好学习呢!我们那时吃的是窝窝头,老大的衣服不穿了给老二,老二不穿了再给老三,一件衣服穿十来年是很正常的。"她经常劝导学生好好学习,激发学生的学习兴趣,在学生心中她是最美丽、最有才华的老师。

"十二。"

"还很小,好好学习,考个好大学,你家里才能翻身,才有希望。你看老师说的对不对?"

"对!"

"你成绩虽然中等,但我很看好你,只要努力学习,都有希望。关于疫苗针,我和学校说说,也不知不打行不行,你打了就要交钱。不行的话,让你父亲和学校说说,当然,能打最好了,打疫苗针不是什么坏事。"

"谢谢老师,这个乙肝针我不打了,小时候打过。"

"上面有规定,也不是你说了算。回去吧,好好学习,记着我的话。"

"嗯!"张竹回去了,一路想了很多很多,他知道父亲又要为此事发愁了。

第四章

1

道路泥泞不堪,两旁是高大的杨树,树叶落在水渠里,随水流漂去。张竹脱了鞋,捋起裤腿,将鞋拎在手中回家去了,他一路都在考虑乙肝疫苗针问题,但他怎么考虑都没有用,还是要向父亲说这件事。

太阳出来了,阳光照在人脸上像涂了一层金粉。远处迷迷茫茫的田野渐渐看清楚了,有的人在田间耕作,有的在小路散步。不知名的树上有几只斑鸠栖息在那里,它们时不时扭扭头望望这儿,望望那儿,好像在预防危险的到来。偶尔可以看见一张张大黑丝网被一根根削去枝节的长竹竿撑在田野中间,这是捕鸟网,一张也就二十来元。张竹想过有钱就去买一张,靠这张网来捕鸟赚钱。但他终究没买,他买成了渔网,至少捕鱼是允许的,捕鸟却违法;即使不违法,他也不愿捕鸟来卖,他很喜欢鸟类,觉得鸟类就是天空中的精灵,少了鸟类在天空飞翔,天空也将为之减色。张顺发去年在麦田捉了一只鹌鹑给他玩,他玩了半天就给放了。

只见一人在不远处拿着竹竿追赶那些斑鸠,他的目的就是要

将那些斑鸠赶到他那张如魔鬼之口的网里。等网缠住这些斑鸠再将它们摘下来，凑到可观数目就拿到街上卖掉。张竹看得清楚，这人正是自己村子的老颤。他是一个二十四五岁的男子，黑黑的面孔，瘦瘦的身材，中等个子。除跟着父母种几亩田外，还经常捕捉一些禽鸟、青蛙、鱼虾去卖，或在工地干几天。老颤这个名字是村子人给他取的，只因他喝酒端杯子或拿其他小物品时，手总是发颤发抖，村子人就称他老颤。

那些被老颤追赶的斑鸠有的飞跑了，有的却撞在网上。撞在网上的斑鸠挣扎了又挣扎，总是挣扎不掉，似乎越挣扎缠得越紧。有的挣扎一阵便不挣扎，走近一看，网丝已缠绕在斑鸠脖子上，将它缠死。这种鸟网实在厉害，不光斑鸠撞在上面难保性命，因此丧命的还有白头翁、喜鹊、麻雀、鹌鹑、翠鸟、白鹭、鸬鹚、水鸭、水鸡、野鸡……

张竹回到家，见爸爸在屋子里调试着别人给他的熊猫牌黑白电视机，便喊：

"爸爸！"

"嗯，回来了？"张顺发答应着。

"回来了。"

"雨伞送去，天就变好了！"

"谁知道呢！"

"天气变化可真快！"

"是，我见老颤在南边田地抓鸟，他真不是个东西！"张竹对老颤抓鸟这种行为感到愤慨，便骂他。

"可别当着人家面这么说，不然吃嘴巴！记住吗？"张顺发警告儿子。

"我知道。"

"你管他干嘛！"

"我没管！公安局就该抓他！"

"他还不是为了赚钱吃饭。"

"赚钱路多着呢，他去广东打工不行吗？"

"你管人家干什么？"张顺发觉得儿子有些见解，心中高兴。

"没管，我看他坏良心！"

"坏良心人多着呢！明天你和我一起去收芝麻，咱们没油吃了。"

张竹答应着，又将打疫苗针的事情说了。张顺发听了皱眉道：

"究竟怎么回事？怎么又收费？我看人家以前走过长征、打过仗的老革命家，没打什么针倒活九十多岁，活得结结实实。你小时候乙肝疫苗防疫针也没少打，这次不打算了。"他说着将带有杂音和闪着雪花屏的电视机给关上，一把抓起经常挂在床头、足有一尺来长的旱烟袋在烟丝袋里搅动几下，抽出来擦起一根火柴点上。他们是去年才用电，一个月也就交四五元电费。

忽然，哗啦哗啦的声音响了起来，宛如高空抛豆一般，又夹杂着刺鼻的骚臭味扑来。

"该死的东西，到这里拉屎，打死你！"原来张顺发家的小羔羊跑进屋子拉起了粪便。张顺发说着将留有余火的火柴棒顺手扔了出去，那火柴棒在空中转了几圈正好落在小羔羊背上，小羔羊背上顿时冒出一团白烟，尖叫一声奔出屋子。

张顺发在屋子坐不下来，出了门，准备再踢那小羔羊几脚，那小羔羊却远远躲了起来。张竹跟过去，张顺发道：

"把那东西给扫一扫！"

"嗯！学校的事怎么办？"

"后天再说吧。"

2

张竹一直为乙肝针费用问题闷闷不乐，在回家的路上他就想怎么抓点泥鳅、黄鳝卖卖，万一人家学校要求每个人必须打乙肝针，必须交三十元钱，他就多多少少可以靠卖点泥鳅、黄鳝来减轻家庭负担。可他只有五六个黄鳝笼，一个早上也不可能抓几斤黄鳝、泥鳅让他拿到集市上卖钱。他的粘网在此时根本不起作用，粘网只能粘一些鱼虾，而被粘到的鱼虾从网上取下来多半活不久，根本没法拿到集市上卖。价钱高的还是泥鳅和黄鳝，人们知道这东西贵也就争着逮，张竹也就逮不了多少。

无奈之下，他只有拿个袋子来河边找龙虾洞掏龙虾，这龙虾是淡水中的小龙虾，人们为了方便称呼就将"小龙虾"的"小"字去掉，称为"龙虾"。张竹来到河边，一股腥臭味扑鼻而来，他知道不妙，在河面一看，只见上面漂着死鱼死虾，一个个被水泡得发胀，翻着白而可怕的眼睛，似乎在死亡前做了最痛苦的挣扎。顺着河岸前行，张竹见一个红色贴着黄标签的瓶子丢在草丛中，瓶子上写着"灭扫利"三个大字。

这种农药张竹知道，只要将它倒在鱼塘里，所有的水生物，无一幸免，谁都讨厌用这种药毒鱼、偷鱼，"灭扫利"也因此有了"一扫光"这个代号。有的人见别人鱼塘鱼多，红了眼，给他鱼塘倒两瓶灭扫利，以至于在农村养鱼总是提心吊胆的。

看着水面漂浮的一条条死鱼，张竹不禁生气。他总是听爸爸说："有理的街道，无理的河道。"河是大家共有的，河里的水产自然人人有份，至于得到的多与少，就看个人的付出了。夏天，男子汉们从田里干活回来，满身大汗，直接脱了衣服，赤裸裸地下水洗澡。一人洗可以，几人一起也可以。妇女就没那么开放，要么晚上来洗，要么带衣服洗，不像城市的小姐们还有泳衣、泳裤。有妇女需经过男子汉们洗澡的地方，她们便远远喊道：

"过人啦，过人啦。"

男子汉们听见就缩到水里，露出头回道：

"过吧！过吧！"

于是那些妇女们便低着头过去。等她们过去，这些男子汉们继续洗他们的澡，搓他们的背。

"坏良心的，何苦要把它们治得断子绝孙？"张竹心里骂着。

看来晚上在附近是不能下黄鳝笼了，只有去远的地方，无论逮不逮得着，总得碰碰运气。他现在拿个袋子来到河边就是为掏龙虾准备的，他掏出龙虾就把它们装在袋子里。河岸有许多龙虾洞，他每找一个洞就将胳膊伸在里面去摸，直到将它们摸出为止。因为洞深洞细而摸不出的，只好罢手。有时他将龙虾摸出来，那些龙虾也不甘被他俘虏，用它那一双大钳子夹他手指，只夹得他鲜血直流，伤痕累累。

有一次他见一口拳头粗的洞，觉得里面一定是只大龙虾，就毫不犹豫将胳膊伸进洞里摸，结果他摸到一个软软的东西，慌得他急忙将胳膊抽出来，不一会儿工夫那洞里伸出一个鹅蛋大的蛇头，吓得他一身冷汗，拔腿就跑，使他七八天都不敢再掏龙虾了。但为了减轻家庭负担，十来岁的他也只有大着胆子去掏龙虾卖了，因为掏龙虾而掏出蟾蜍、螃蟹、水蛇也是常有的事。幸好他们这里没毒蛇，不然被毒蛇咬上一口，他的小命也可能因此而送掉。他

第四章

去年在河里下黄鳝笼,因为没有穿鞋子而踩到了水蛇,结果被水蛇在脚背上咬了一口,他回家只用酒洗了洗,也没打什么针,就留下个黑疤。为减轻家庭负担的他经常穿梭在芦苇荡中,时不时被芦苇茬扎伤,被菱角扎伤,被玻璃扎伤,被黄骨鱼扎伤,被水蝎子咬伤,被螃蟹夹伤,被龙虾夹伤,被蚂蝗吸伤,一切的伤疤布满了他的双足双手,使十来岁的他比其他孩子更加坚强,更加有毅力。

快天黑时他已经抓了将近四斤龙虾,等他回到家时,已是满天星斗,一轮圆月高高挂在树梢上,中秋节快到了。回来的路上,蟋蟀、蚜子、蝼蛄在草丛中和地底下弹着琴,唱着动听而美妙的乐曲,让这个夜和独行的人少了一份孤独感。

"你做什么去了?"看到儿子回来,正在做饭的张顺发问。

"我出去捉虾。"

"捉了多少?"

"三四斤吧!"

"过几天就收花生,到时就不要干这些事情。"

"中,可能有七八天假放。"只要放假和星期天张竹都会异常高兴,这意味着他有时间赚零花钱。

"嗯,后天逢集就将你那泥鳅、黄鳝、虾凑起来卖。"

"四十元能卖吗?"

"差不多!"

"以前都说不让你去工地盖房子,一天才给十五元!还不如捉虾卖!"张竹认为父亲的病是去工地干活累的,心中有点埋怨父亲,也不爸爸长爸爸短地叫。

"那不是闲着吗?虾是季节性的,咱们没捕鱼机,不像别人一年靠卖虾卖五六千元。再说,人家年轻,你爸爸老了……"张顺发说时,又叹几口气。

"你为了去工地,累出了病,挣的钱还不够看医生。"

"我知道……"

"那你还去?"

"咱们家得生活呀!你不当家怎么知道?"

张竹不说话。

"好了,吃饭。"张顺发淡淡地说。

张顺发与张竹洗了手,各自拿块馒头。粥是玉米粥,菜是由张顺发从别人菜地摘的两个半青半红的辣椒去了种子,切碎后放在白瓷碗里撒上食盐凉拌。油已没了,张顺发又往油壶灌了些热水,烫去油壶上的油再倒进菜碗里。这是他第三次涮油壶,不过倒出来的热水总算带着油珠,闻起来倒也香喷喷的,让人口舌生津。

说起李氏,她还在床上睡觉。张顺发与张竹不端饭给她,她也不起来,除非饿得厉害,只要没人给她端饭,她就有生命危险。李氏饭量不大,张顺发掰开馒头,将辣椒夹进去,盛上一碗玉米粥送在她面前。她吃便吃,不吃只有饿肚子。说起辣,李氏倒不怕,都说她可能是四川人或湖南人。

3

翌日,张竹跟父亲去田地收芝麻,前几天张顺发已经收了四五斤,但榨油,数量是不够的,只有等这一次凑够十五斤左右,方能到镇上榨一锅。若想吃真正的油,只有亲自去榨,他要亲自监督自己的粮油作物变成油的整个过程,以防油坊人弄虚作假。

这次,他照例拿张被单,将一捆又一捆的芝麻秆倒栽头迎着

第四章

铺好的被单啪啪一拍,那白色的芝麻便像下雨一般落下来。也不知拍了多少捆、多少次,才收了十来斤芝麻。逢集这天,张竹将家中积攒的泥鳅、黄鳝、龙虾一齐收拾了,与张顺发各自骑一辆没有刹车的自行车去了镇上。他们遇到汽车飞奔而来,需要减速时,就将脚放在前轮胎上踩一段时间,以此阻止自行车前进的速度,有时碰到了脚趾,只疼得他们咬牙咧嘴,而有时他们就整个人从自行车上跳下来,以防与人家机动车相撞。到集市,人流多了,无法骑行,他们就下车推着。

张顺发与张竹向收购泥鳅、黄鳝的摊子骑去,远远便闻到一股腥臭之味,不少人像看笑话、杂耍一样围在那里。有的是办正事,有的是看热闹。看热闹的顶多看看这里最大的鱼有几斤,最大的老鳖有多大,最大的黄鳝有多粗多长等。张顺发与张竹卖了泥鳅、黄鳝、龙虾,不多不少正好四十元钱。

收购泥鳅、黄鳝的老板是名男子,三十多岁,骑着一辆三轮摩托车,黝黑的皮肤正是他整日露天经营的缘故。

"老鳖多少钱一斤?"有人问。

"一斤往上的八十元,二斤往上的一百五十元。二两一只的二十元,四两一只的四十元,半斤一只的五十元。"老板快速地说。

"黄鳝多少钱一斤?"

"黄鳝十元一斤,泥鳅四元五角一斤。"

"柴鱼、鲶鱼多少钱一斤?"

"都是五元一斤。鲫鱼两元一斤,透明小虾八元一斤。"老板嫌人问太多,干脆都说出来。

"斑鸠多少钱一只?"有人问,只见他拿着绿色大网兜,里面装了二十来只大小不一的斑鸠和鸽子。那斑鸠、鸽子眨巴着明亮的眼睛，在网兜里扑着翅膀，只扑得羽毛乱飞。它们想挣扎出去，但怎么挣扎也没用，它们只有死路一条。

"大的五元一只，小的三元。"

"那么便宜？"

"没办法，我们卖到酒店也很便宜。"

"你还看什么？"张顺发向围观的张竹道。

张竹也没吭声，与父亲一起离去了。张顺发买了点白菜与张竹骑着自行车去油坊榨油，张竹边骑边道：

"爸爸，这拖鞋学校不让穿了！"

"怎么不让穿？"张顺发问，他见张竹拖鞋前端已经裂了一条大缝，仿佛再动几下鞋子就会变成两半。他又看看自己的拖鞋，比儿子的好不到哪儿去，那鞋跟已经掉了一块，他明白儿子意思，儿子是想换双鞋子。

"说要做广播体操。"

"哪有那么多事？我的拖鞋不也在穿吗？"

"学校说不让穿！"张竹见父亲的鞋子和自己的一样烂，也不知该说什么。

"你想买一双鞋子？"

"那你说怎么办？"

"家里有一双运动鞋，是别人给的。等粮食卖了，再买。"

"中。"张竹不好再说什么，与父亲骑着自行车并肩而行。

"什么是广播体操？"张顺发问儿子。

"就是将胳膊伸伸，腿伸伸……"张竹知道父亲不太明白，就简简单单地说。

"跑跑步就行，学校花样还真多……"他不懂广播体操的作

第四章

用，就瞎埋怨。

"就是。"张竹不想反驳父亲，顺着他说。

"还有，爸爸身上就一百元。过几天得去你表哥家。这四十元你留着吃饭，家里羊还小，卖了吃亏。"张顺发有个姐嫁到了葫芦村以东十里地的王家庄，他姐六十多岁，帮不上他什么忙，他姐夫在三年前去世，两个外甥常年在外打工，也不能帮他什么，顶多某年耕田种地时帮帮他。

"我留十五元，一星期得吃十元。作业本和墨水都没了，也得买。这二十五元放你那儿，我怕丢了。"张竹一手扶着车把，一手从口袋里掏钱，刚才卖泥鳅、黄鳝、龙虾的钱放在他身上。

"你留着，用不完，当下星期生活费。"

"下星期的再说。"

"你拿着怕什么？"

父子两人相互劝着，张竹硬是将二十五元塞进父亲的上衣口袋。张顺发心口一酸，泪水来了，也不再劝，将钱塞得牢靠些，说道：

"先坚持两天，等卖了秋季庄稼就给你买鞋。"

张竹点点头，也不说话。他将多余的钱给父亲，正是因为自己家庭困难。直到中午张顺发才榨完芝麻油，与儿子一路说着回家。

4

为节省生活费，张竹与父亲说可带点芝麻酱到学校，张顺发觉得可以，就同意了儿子的看法。制作芝麻酱时需将芝麻在锅内炒得噼啪乱响后，倒在菜板上加入食盐，用啤酒瓶将它们碾碎，装进干净的罐头瓶里。食用时可以倒一部分在碗里，加入些许开水搅拌均匀来蘸馒头吃，味道远比炒的冬瓜、南瓜好多了。张竹手劲不大，一切都由张顺发完成。

周日下午张竹又要回到学校，他家离学校有一千米路程，犯不上骑自行车。有的学生为了逃课，在老师收费时就说：

"忘记拿钱了！"

"那明天中午回家拿钱去！"学校催得紧，老师也只有这么说，五年级和六年级的学生都是住宿舍，老师也不敢让学生趁着天黑回家拿钱。

"家里没人。"学生狡猾地说。

"问邻居借一借。"老师为难地说。

"人家不借。"

"那你在家等着……"老师生气了。

"我的钱丢了！"

"那也得交，没有办法。"

"我的钱放在书包里，上厕所回来就没有了。不知被谁偷了！"结果找了半天又找到，害得老师在班上讲了一大堆道理：说什么违法了，不道德了，从小偷针，长大偷金。也不管适合不适合这件事。有的真把钱丢了，气得直哭，连饭也少吃一顿。有的假说钱丢了，说在哪里经过，自己去找一找。结果，有的拿着弹弓打鸟，有的拿网捉鱼，还有的疯着玩，不小心烧了人家柴垛，被人家追上用破鞋打。校长知道这事，火冒三丈，喝道：

"这种学生要不得，得回去休学反思，得赔人家损失！"

王老师因事不能来，收费这个任务就交给其他老师。费用先由班长代理收取，再上交老师那里。

老师按名单一看，哪一位交了费，哪一位没交。看得清清楚

第四章

楚。问起张竹时,张竹站起来道:

"这针我以前打过了,家里也没钱!"他认为自己既然打过这针,就没必要再打。

"你打过了?人家都打过了!"代理收费的老师是名姓李的男子,三十七八岁,高高的个子,那如鹰眼犀利的目光让人不敢直视,他教这个班的数学。

张竹低头不语。

"是你吧?下午在商店还见你买作业本和墨水,还说你没钱?"李老师用看怪物的眼神看着张竹,张竹也见他在商店买东西。

"就那么多钱!"张竹支吾其词。

"可能吗?"

"是!"

"嘴还硬,你们王老师要半个月才来,她最近结婚呢。这些日子由我全权负责。谁敢捣乱,是没一点好果子吃的。还有那个张什么?"他看看名单又道:

"张竹,你明天中午就回家拿钱,又不是三千!"

张竹应了一声,红着脸坐下去。

"王老师结婚了?"

"她老公帅不帅?"

"她老公有钱没有?"

"她老公是哪里人?"

"她老公在哪里教书?"

"倒霉,半个月都得上数学课!"

"是啊!是啊!"

"讨厌死了!"

"这家伙很严。"

不少学生交头接耳、窃窃私语。有高兴的,有暗中叫骂的,有的见这老师厉害,不敢说钱丢了,干脆交上来。

"安静!你们几个想站外边吗?说你呢!你还在看别人,就是说你的!"李老师拿着直尺在讲台上指着后排几位男生。

那几位男生瞪着眼,立刻坐得端端正正。

"我说的话你们都记住了!我出去一下,你们自习。班长和纪律委员将捣乱、说话的名字记下来。"他说完,出了教室门。

班长和纪律委员答应着,教室里很静。

过了五分钟,教室依然很静。又过了五分钟,教室有人小声说话。

"别说话!"班长回头看看说。

"我们有个问题不懂,在讨论。"

"那你们声音小点。"纪律委员说。

"声音够小了!"

又过了两分钟,后面的胖子、黑子、瘦子小声道:

"这次咱们可算倒霉了,这李老师很坏。发现谁抄作业就罚他抄什么概念、意义、性质、公式!"

"我早想揍他。"一个十二岁,体重有一百斤,个头一米五的胖子将眼睛眯成一条线向左边的黑子、瘦子说。

"我知道他睡哪间屋子,抓只癞蛤蟆扔他床上。"一个面色黝黑的学生向身边的胖子、瘦子笑说,他因皮肤黝黑,被同学称为"黑子"。

"这个主意不错!"胖子、瘦子点头嬉笑。

"你们那都不是好办法!"胖子、黑子、瘦子前面一个小个子学生道。

"二蛋！你有什么好法？"胖子、黑子、瘦子狐疑地问前面的二蛋。

"有啊，你们不敢！"

"不敢？"

"笑话！"

"快说！"

"我告诉你，这样……"

"都给我站起来！无法无天了！"一个恐怖的声音响了起来。

四人回头，不免一惊，李老师已不知什么时候站在他们身后。他们纷纷低下头站了起来。学生们扭头的扭头，转身的转身，一个个看究竟发生了什么。

"你们几个站后边去。"李老师一手拽住胖子将他拽出来，其余几名都跟着出来，依次在胖子身边站好。他们靠着教室后墙，墙角堆着扫把和垃圾桶。

"往前站，不准靠墙！挺聪明的！"李老师瞪眼道。

他们四人立刻往前站了一步，站得和铅笔一样直，不少学生还在回头观望。

"看什么？抓紧看书。"班长发了话。

学生们立刻坐端正，怕被李老师看见后训斥。

"你们在说什么？"李老师看起来很恼火。

四人低下头，像霜打的茄子，一言不发。张竹坐在胖子右边，没有和胖子、黑子、瘦子、二蛋说笑，而胖子正是张竹的同桌李涛。

"快说！"李老师吼了起来，分别在他们头上一推。

学生们吓了一跳，有的向后偷看一眼，即将身子坐正，有的在偷看童话故事,也急忙收了起来,怕被李老师发现后,遭到同样的惩罚。

"没说什么。"四人低声回答。

"不要以为我没有听见!"

他们四人低头不语。

"不要以为我收拾不了你们!李涛,我早就听你四年级老师是怎么说你的。你们还想不想上?不想上,趁早回家。"李老师看看张竹,对张竹没有和他们一起在上课时间聊天而感到高兴。

"想上……"李涛嘴唇动了一下。

"你们几个呢?"李老师又问其余三人。

"想上……"

"哼!那你们乱说什么?不知道这是上课时间吗?"李老师在冷笑,为班级有这种学生而感到纠结。

"知道!"学生们虽小,却知道哪种问题容易回答,哪种问题羞于回答。

"知道?知道还乱说话?是故意捣乱吗?"李老师又问。

"不是……"学生们回答得干脆利落。

"那你们究竟想怎么样?回去告诉你们父母,就说李老师今天训你们了!出去!不要在这儿丢人现眼。"李老师伸出食指,分别在他们四人头上一敲,喝道。

四人什么话也没说,低着头,一个个站在教室外面。

"站教室外面就不用学习了?"李老师看起来异常愤怒。

四人回到教室,拿了数学教科书重新站在外面窗口。天色已晚,迎着窗口灯光还能看清教科书上的字迹,但他们谁也不能平心静气学习。

"大家不要向外面几位一样,我脾气不好,却喜欢交朋友。不是针对哪个人,还有,钱没交的,大家都交一交,不要放着,万一丢了,也不好说。父母挣钱不容易,尽量早些完成任务,不要拖拖拉拉的。今年,我们镇上成立了五个中心小学,上面很看重我们这个学校。大家都知道,现在学生少,所以有些学校就合在一起。大家能聚在一起,是一种缘分,希望大家和睦相处,好好学习,该玩时就玩,该学习时还是要学习。"李老师传达了学校一些会议的内容,又说以后怎样怎样,如何如何落实。

听了李老师的话,学生们高兴起来,你看看我,我看看你,个个笑容满面,宛如春天盛开的桃花。关于乙肝针费用问题,李老师又问张竹,张竹说了家庭情况,李老师是新调来的,还不知张竹的家庭情况。张竹父亲也来学校向校长说了这事,学校才没让张竹打乙肝针,张竹才平下心来。

第五章

1

国庆期间,张顺发很忙,他种了三亩花生,却用十天才收完,若是他年轻十岁,五天的时间足可以收完三亩花生。他岁数大,身体差,干活慢,但他的活比别人做得细,一亩棉花总能比别人多收五六十斤。儿子虽然才十二岁,但在棉花地里帮他捉捉虫子,拔拔杂草还是可以的。

收了秋,耕了地,种了麦子,农村人便轻闲起来。有的为了多份收入,去沿海城市打打零工也是不错的选择。现在没几个年轻人愿意种田,面朝黄土背朝天的日子对年轻小伙和姑娘们来说,就好比吃火锅时吃到苍蝇和蟑螂一样讨厌。而出去打工对于张顺发来说是一个奢侈的愿望,他没有去过北京、上海、广州、深圳,想到这些,他就叹道:"他们娘俩要是能自立,我就打工去,生活就会好过了!"

张顺发无奈,就跟着农村工头在工地干活,家中山羊由李氏放着。可李氏在放羊时,羊中了毒,口吐白沫,翻着白眼不能走动了。张顺发这羊是吃了田边拌有"久效硫磷"的玉米籽,他们撒这些拌毒的玉米籽就是遏制牛羊糟蹋他们庄稼。

羊被毒死这事使张顺发气愤填胸，死羊是要少卖钱的。他拿起扫把在妻子身上像敲锣一样乱打几下，将心中一切怒气、怨气都发泄在李氏一人身上，明白人都知道，张顺发之所以贫穷和他自己关系最大，怨不得别人。

　　冬天麦盖三层被，来年枕着馒头睡。狂怒的北风卷着鹅毛大雪，将树木、房屋、田野装扮得银装素裹。张顺发吃过午饭，披上一件别人给他的旧大氅靠在厨房门口看着外面纷飞的鹅毛大雪。

　　厨房没有散尽的烟雾，让人觉得温暖。张顺发哈着手，跺着脚，以此驱逐寒气。天虽然冷，倒不影响他今天愉快的心情，他知道下这么大的雪，来年麦子一定有个好收成。偶尔一条黑狗或黄狗经过张顺发家门口，在雪地上踩过一串串脚印。他屋子没有什么好吃的，狗也不常来这里。顶多一些狗偷偷钻进他屋里偷吃他家山羊吃剩的饭汤，山羊见了，瞪着眼埋头向狗身上撞去，吓得那狗夹起尾巴，边跑边哼唧着。

　　在农村，下雪天可是串门的好机会，一些和张顺发关系不错的人还是乐意进他那带着羊骚味的屋子。别人来他家串门，他给让支烟，没有就卷支喇叭烟给别人尝尝鲜，卷烟用的纸是他儿子的作业本，后来他有了旱烟袋，也就懒得卷烟。

　　咯吱咯吱的声音从不远处传来，靠在门口的张顺发见是村头的二炳吸着旱烟过来，笑道：

　　"这么冷的天，也不睡吗？"

　　"总睡也不是个事，出来透透气呗！"二炳住在葫芦村村头，种了一亩多菜，又放着几只羊，今年已六十二岁。由于多年的田间耕作，他已累成罗锅，两个儿子早已成家，孙子和张竹不相上下，孙女已经上了初中。张竹称他二伯，他最近几年也一身的病，还总是帮儿子下地干活。

"快进来坐着。"张顺发说着让了路,搬出椅子请他坐下。

"不坐了,站着暖和。"二炳接过椅子放在一边,拍着身上的雪。

"这雪呀,从半夜就开始下。"

"是啊,多下点好。你们哑巴呢?"

"屋里睡呢!"

"天天睡觉?"二炳奇怪地问。

"是啊,这哑巴给我害苦了!"张顺发因为讨厌李氏,经常称妻子"哑巴",而别人也经常这么称呼。

"给你害苦了?给你生个儿子还不行?"

"不是说这个。"

"那说什么?"

"我说她要能自己做饭吃,我出门挣钱,日子就好过多了!"张顺发叹气说。

"也是。"

"我整天一肚子气。"

"怎么?你还想掐死你们哑巴不成?"

"那我不成罪人了?"

"你本来就是罪人!"

"怎么是罪人?"

"你打过你哑巴老婆没有?"

"打过!"张顺发承认。

"她是哑巴,又是傻子,可怜吧唧。你打她干啥?"

"她实在气人!"张顺发似乎有一肚子苦水说不出来。

"气人?你知道气人当初还把她娶回来干什么?"二炳与张

第五章

顺发关系不错,只因替张竹母亲感到不满,又不想张顺发造孽才这么说。

"你不知道!"

"你不说,我当然不知道!你倒说说看!你二哥也不是外人。"

"她有时把剩饭倒了,羊也放死了!馒头有时还拿不好,滚到地上被狗叼走。"幸好李氏没在他面前,不然他真想给她两个嘴巴子。

"她一个傻子,你打她有啥用?"

"不打她,不解气!"

"没法说你!有本事你娶个聪明漂亮的女人。她一个傻子够可怜,你还打她?她还有什么活路?你干脆打死她算了!"二炳愤怒地说,这愤怒来自对张顺发的不满。

张顺发不说话,只是抽烟,愉快的心情已被刚才的谈话驱散了。

"你现在就是能去广东,五十多岁能干啥?你孩子小,一人在家怎么行?"二炳一边抽烟,一边说。

"哎,关键是身体不好!"张顺发叹了口气。

"你孩子学习怎样?"

"老师说他是中等。"

"上几年级?"

"五年级。"

"看看,还小呢。明年才上初中!"

"还有六年级呢!"

"六年级?"

"是今年新加的!"

"我们那时才有六年级。不过五年级上完就让他到镇上上初一也行。"

"算了,按规矩来!"

"多上一年,多花钱!"

"别提了,一学期学费就够我忙的。还好是小学,听说初中学费还要高。"

"是啊。学习好,让他继续上;不好,让他去广东打工。就算上大学,给你免费,也不是一分钱不花,照你这样可供不起。"二炳对此似乎很有见地,他的这种"见地"是每个农村人都有的。

张顺发不说话,叹几口气。

"你们孩子呢?"二炳问。

"在学校,现在都住宿。家伙贪玩得很,以前上学还推铁箍、打陀螺、养蚕。"张顺发对儿子的贪玩感到很气愤,但又无可奈何,他知道和儿子一样贪玩的孩子不在少数,而他自己在这个年龄时同样贪玩。

"娃子们都这样,现在就住宿了?"二炳有些惊讶,想不到小学生也要住宿,他上小学时也住过学校,那时学校少,方圆十来里的学生在一个学校上课,不住宿也不行。

"是啊,没钱买粮票,都拿麦子换的。"

"俺们孙女上初二,说用磁卡充值买饭,不要麦子。到时你得卖麦子哩!"

"怎么这样?"张顺发有些惊讶,他还不知道什么是磁卡。

"谁说不是,以前俺们孙女没粮票了,我说拿麦子换。人家说:'谁还拿烂麦子?不嫌丢人呀?'那会儿下雨,都是泥巴路,她爸妈又不在家。我没办法就担八十斤麦子到镇上卖了四十元钱,结果她一个星期就花完了!买了些学习用品花了二十五,自己只吃

第五章

063

了十五元。食堂馒头都加了火碱,经常吃,鼻子像喷火一样。吃病了又打一天吊瓶,还欠人家诊所五十元。她说吃菜还总是吃出苍蝇来!"二炳说着越发愤怒,烟袋锅在门口墙上敲得震天响,只敲得火星乱飞,却仍不解气。

"哎……这些人们呢!"张顺发摇头叹气。

"孩子们小,正是发育时候,不要求生活多好,起码干净卫生……"

"大锅饭就那样!你以为他像我们这样洗菜?"张顺发也很愤怒。

"有什么办法?不吃还不饿着?后来学生向学校反映,苍蝇就少了。"

2

雪渐渐停了,没有积雪的树枝上偶尔有几只喜鹊在上面鸣叫几声,宛如美妙的乐曲,令人愉悦欢心。二炳要回去,张顺发送出几步,回来给自家山羊拿些干花生叶吃。那羊饿得不轻,埋头就吃,它吃一阵,张顺发又端来了饭汤,大羊、小羊见了都围来,只将饭盆舔得干干净净。

张顺发解决了羊肚子问题,穿上别人给他的牛皮靴子,关上门出去转悠,不出五分钟就到了河边。河边荒草被雪掩着,河里凸凹不平,乱七八糟的有些芦苇。人是可以下去拣路走走的,只是这场鹅毛大雪下来到处险象环生,不说淹到人,一脚滑到水里,冻得脚丫通红,可不是件好事。

有的麦苗在田里露出它那尖尖的脑袋,七八只野鸡正在麦田散步。它们低着头,似乎在觅食。那些个头大,尾巴长,看起来五颜六色，时不时还能响亮叫上几声的无疑就是公鸡了。而个头小，尾巴短，羽毛发黧的无疑就是母鸡。夏天，那些母鸡后面会跟着七八只拳头大小的小鸡，它们有时奔跑在田野里，如箭离弦，任你赤了脚拼命去追，也难追上。

这一切都让张顺发兴奋不已，他高兴地扬起手吼叫几声，吓得那些野鸡嘎嘎叫着飞了。胆大的在原地侧头瞧瞧张顺发，见他快到自己面前才振翅而飞。张顺发走在雪地里发出了咯吱咯吱的声音，生满茅草的小沟忽然一阵响动，却是一只灰色的野兔疯了似的奔出来，乐得张顺发哈哈大笑，做出要拿坷垃打兔子的动作喝着：

"兔子！兔子！兔子！"急得他跟着兔子后面小跑一阵，最后还是呼哧带喘的被兔子远远抛在后面，虽然连毛也没抓到，但总是高兴的。

回到家和人闲聊时，他便和人说自己在哪里看到了什么什么，野鸡有几只几只，羽毛怎么怎么漂亮，兔子一只有多少多少斤，奔到哪里哪里去。别人知道他老实，也就听得津津有味，有的为寻找兔子干脆把狗拉去。

说起冷，还是化雪冷得厉害，冻得脚底像冰一样。岁数大的张顺发时不时要靠烤火取暖，像他这年纪，体质可谓越来越差，和他同龄人的，孙子已和他儿子一样大。在他眼里，儿子将来有一房子，有一媳妇，他闭了眼也是满足的。别人两层楼，三层楼，他不求房子大，有座平房也就够了。

第五章

第六章

1

　　腊月的到来使人们嘴角总是露出一丝丝微笑，这意味着他们快要过年了，可以大鱼大肉地吃上几天。有太阳的日子，更让人兴奋，总有一些男人和妇女们，在吃了早饭和午饭后聚在村头晒晒太阳，谈天说地。有的议论张家的儿子是抱养的，有的议论李家的闺女是买的；有的议论这家儿子脸黑，有的议论这家闺女个小；有的议论这家儿子驼背，有的议论这家闺女腿弯；有的议论这家儿子有点发愣，有的议论这家闺女有点神经；有的议论这个人生了什么病快死了，有的议论那个人得了什么症活不了多久。有的议论这家房子上落了只猫头鹰，过几天就会倒霉；有的议论这家门口有条蛇待着不走，过几天就会出事。有议论人好的，说这家儿子学习好，将来可以考上清华北大；那家闺女有旺夫相，嫁给谁谁发家；也有说这家儿子能吃苦耐劳，在外挣了不少钱；那家媳妇聪明能干，胜过一个男人。而议论新闻乃至军事的都是一些男人，有议论这个洲际导弹可以打到哪里哪里，那个战斗机可以飞多高多快。

张顺发也是爱讲这些话题的一员，只是他喜欢讲一些鬼怪故事，比如说自己村上哪个老人死了，他未满十二岁的孙子可以看到他的魂，哪条黑狗在晚上空无一人时叫得很是厉害，是这黑狗看到了鬼。或者说赵家庄哪个人没将蛇打死，这蛇十几年后要来报仇；李家庄哪个人被车撞死，他的鬼魂缠过谁；王家庄哪个是上吊服毒死的，他的坟墓晚上有哭声等。或者讲一些打仗的故事，说哪里打过一场仗，哪里出过烈士，哪里出过土匪。凡是能作为茶余饭后的话题，他们都愿意乐此不疲地讲，而村子人也都听得津津有味。

这天张顺发没有到村头谈天说地，坐在院子抽旱烟。张竹正拿着锯子锯一块一寸多厚的木板，所锯轮廓已清楚，是枪托。他贪玩是不用说的，别人拿钱买把玩具枪啪啪打着，总让他看着心里发痒，于是造一把玩具枪的念头就油然而生。他甚至在上课时偷偷拿纸笔来画图设计枪支，还因此被王老师抓个正着。

"想学设计是好事，可不要利用上课时间！"王老师说。

张竹将图纸收起来，惹得其他学生一个个偷笑，下了课还要来看他画的什么。别人问时，他说：

"在家没事，做着玩。"

后来他从村子得到火药枪制作技术，乐得这几天都在寻找制作材料。张顺发见儿子锯完木板又用刀子削，工具还是借邻居木匠的，喝道：

"你不学习，又做什么？"

"嘿嘿，没什么！"这火药枪他后来做成了，装了火药可以打碎酒瓶。张顺发见儿子做的枪厉害，将他的枪丢到茅坑去了。

"没什么？你锯个枪托干什么？"张顺发瞪眼问，为儿子不

务正业感到愤怒。

"嘿嘿,你不知道!"

"不知道?你以为你能做猎枪?"

"不能,爸爸,你以前不是做过什么?还能把美式步枪拆散再装上去。"

"做民兵排长!"张顺发说时,脸上露出一丝骄傲,几十年前他确实当过民兵排长。

"你能做枪吗?"

"能做,但不许你做。"张顺发说时白了张竹一眼,枪是个危险东西,他想不到儿子这么小就想玩枪。但他却不知儿子只要有个玩具枪就满足了,至于要真枪,张竹从来没想过。

"那你给我做一支!"张竹嬉皮笑脸地说。

"你是欠揍,还是想坐牢?枪有那么好做吗?没有无缝钢管和车床就行?"

"什么是无缝钢管?"

"无缝,就是没有缝隙,做枪管打起来才不会炸。问那么多做什么?咱自己屋有人要出嫁了,回门那天连送礼钱都没有,你还有寒假作业,到时也得交费!"张顺发一边抽旱烟,一边忧愁地说。

张竹待了一会,将工具收起来,道:

"咱们那黄鼠狼关子呢?我下午挖田鼠去。"他想捕捉黄鼠狼卖钱来替父亲分忧,才有此一问。

黄鼠狼关子是农村人为捕捉黄鼠狼卖钱而用木板制作的一种木匣子,三尺多长,宽高各半尺,一端有个小铁笼,关着一只田鼠,是引黄鼠狼的诱饵。黄鼠狼为吃老鼠从另一端设有机关处进入,便将它关在里面。打罢霜后,捕捉黄鼠狼的人在夜间十一二点时,将黄鼠狼关子放在野外坟地和老房子处抓取黄鼠狼,这些都是黄鼠狼容易出没的地带。

"在你三哥那儿,这几天他没用,想用你就拿回来。"张顺发说的"三哥"仅仅是同村的三哥,与张竹毫无血缘关系。

2

忽然有两个比张竹小一两岁的孩子在不远处喊道:

"张竹!张竹!"

"在院子呢!"张竹还没回答要不要去拿黄鼠狼关子。

两个孩子来了,嘻嘻哈哈的,见了张竹便问:

"枪做好了吗?炸药我们剥爆竹剥了一两左右。"这俩孩子喜欢和张竹一起玩耍,几乎每个星期天都会找他玩,他们剥炸药的爆竹多半是在坟地捡的,过年时他们也会到各家各户门口捡爆竹,能放的他们就放了,不能放的,引线短的,他们就将炸药剥出来装在塑料瓶里,玩的时候倒一些出来。

"快……"张竹"了"字还没说出来,张顺发便瞪眼道:

"别炸到手了!"

"没事!嘻嘻。"孩子们笑着。

"注意点,你们这些家伙!"张顺发对孩子们缺乏安全意识而感到愤怒。

"知道,知道。"孩子们不以为然。

"装在什么里面?"

"玻璃瓶……不不,是塑料瓶。"

"玻璃瓶?你们不要命吗?"张顺发知道炸药装在玻璃瓶是

最危险的。

"不是！是塑料瓶，伯伯你看。"他们说着拿出一个拳头粗、十几厘米高的白色塑料瓶给张顺发看。这俩孩子父母和张顺发同辈，张顺发比他们父母年龄大，他们就称张顺发伯伯。

张顺发拿过瓶子在手中一掂，见足有半斤重，已知这些孩子不识斤两，惊讶道：

"一两？这不止一两呢！"

"伯伯，你说多少？"俩孩子高兴起来，从张顺发的话中，他们知道这瓶炸药比自己所说的要多，至于多多少，他们也不知道。

"多少？有半斤了，能做手榴弹了！"张顺发说这半斤炸药能做手榴弹，不过是想说明这半斤炸药的威力不小罢了。

"我们又不是装在玻璃瓶，盖得也不严，就是着了也只是一团火而已。"

"还是把这些东西丢掉吧。"张顺发怕伤到人，很是担心。

"什么？丢哪啊？"

"丢水沟去，不要了！"张顺发瞪眼道。

"不行！"俩孩子显得很是心疼，仿佛觉得张顺发要他们扔掉自己的一百元钱。

"哼！那你们可小心了！"他知道孩子们舍不得扔掉，因为他小时候也喜欢玩这玩意。

"嗯，我们知道！"俩孩子淡淡一笑，因看到地上有许多锯末又问：

"怎么这么多锯末？"

"他就知道瞎玩！不好好学习，看看人家学习成绩，每次都是前几名。"张顺发瞪了儿子一眼，对这个不务正业的儿子显得极其不满。

"人家又不下地干活,天天学习!"

张顺发不想多说,进屋看电视去,儿子虽然小,说的也是实话。别人家孩子大热天都不出门,他孩子七八岁就拿着镰刀跟着他在三十七八度的天气下割麦子,还放羊,甚至靠捕黄鳝、泥鳅卖钱来减轻家庭负担。谁家孩子能有他家孩子能吃苦懂事?想到这里,他鼻尖一酸,差点哭出来。幸好他进屋去了,不然还真让这几个孩子看到他的窘态。张竹迎着父亲说完,又对这俩孩子道:

"梦梦、小波,咱们下午抓田鼠去,怎么样?"

比张竹小一岁的是梦梦,他圆圆的脸蛋红红的,显得很是可爱。另外一个是小波,比张竹小两岁,他皮肤白皙,显得有些瘦弱。他们手指沾了不少黑灰,正是剥爆竹时碰到的黑火药。他们高兴地手舞足蹈,笑道:

"好啊!好啊!"

"还是先将黄鼠狼关子拿回来再说。"张竹说完就要去。

"黄鼠狼关子是什么东西?"小波疑惑地问。

"就是抓黄鼠狼用的。"张竹欲解释,梦梦抢先说了。

"东西在哪儿?"俩孩子问。

"你们等一下,我去拿!"

3

俩孩子答应着,张竹自去。忽然两只小羔羊出现在俩孩子面前,他们要伸手摸那小羔羊,那小羔羊躲开了。后面来了一只老母羊,正是李氏放羊回来。李氏见了这些孩子们,傻傻一笑,将老母羊拴在树上,坐在她习惯坐的大树下发呆。

第六章

"你看，她怎么不拿凳子坐，却坐地上？"小波指着李氏问梦梦。李氏虽然是长辈，但这俩孩子却知道她是个傻瓜和聋哑人，称呼她什么她也听不到。

"不知道，我把凳子搬去给她看看。"小波说着，果真从堂屋找个凳子搬到她旁边，又指指凳子，示意她坐上面。

李氏却抓着乱蓬蓬的头发"嘻嘻"笑几声，仍然坐地上。

"她还真不坐！这么冷的天，她还穿拖鞋？"小波瞪眼看着李氏，一脸惊讶，室外温度也就五六度，还吹着小风，冷飕飕的。

梦梦看时，李氏果真穿一双拖鞋。一只是粉红色的，鞋后跟已经磨烂，显得有些小；另一只是黑色的，稍稍完好，有点大，却是男人穿的鞋子。她上身穿一件不是很干净的衬衫，另加一件稍厚的灰色外套，却不将扣子扣上。而腿上只穿一件破旧黑色休闲裤，也没穿秋裤和袜子，冻得她浑身发抖，缩成一团。

"就是，早上结冰了！她还穿拖鞋？"梦梦更是惊讶。

"就是，还不扣扣子？"

"她怎么这样？"

"咦？她口袋外面怎么有个鸡蛋大的洞？还有块馒头？"小波指着李氏外套上的口袋说。他有些奇怪，转过另一边看，结果和那边一样。梦梦也围着李氏看了一圈，果然如小波所说。

"怎么回事？是老鼠咬的！"张顺发从屋里出来，气愤地说。

"怎么这样？"俩孩子问，他们知道另有隐情。

"她将没吃完的馒头、花生放在口袋，坐着打盹时，被尖嘴老鼠咬个洞，钻进去偷吃了里面的东西。别人给她的衣服，她穿完随便一丢，开服装店也不够她穿！"

"啊？她不怕被老鼠咬到吗？"俩孩子惊愕地问。

"她怕什么？老鼠为吃馒头和花生才咬破她口袋，她这是糟蹋粮食！真把她咬吃了，我这一把老骨头倒省心了！"张顺发怒气冲冲地说。

"我家有不穿的鞋子，不如拿来给她穿！"梦梦说。

"我家也有！"小波说。

"不用给她，给她也是浪费。"张顺发说着进了屋子。

"东西来了。"张竹已经抱着所谓的黄鼠狼关子回来。

"拿来看看！"俩孩子围着张竹，一边看他拿来的黄鼠狼关子一边说。李氏的话题，他们已不再关注，张竹对母亲此时的状态也习以为常。

张竹将黄鼠狼关子放下，俩孩子围上去摆弄着。一个问怎么使用，一个问晚上放哪里捕捉，张竹一一说了。里面引诱黄鼠狼所用的老鼠早死了，被先前使用者拿出喂了猫。

"挖田鼠要铁锹、水桶和老鼠笼子。"小波说。

"不用担心，我家有，快晌午了，咱们吃了饭再去吧。"

俩孩子答应着，各自回家去了。吃了中午饭，他们三人就拿着工具出发了。很多年后，这种儿时的乐趣，就成为了他们成年后的甜蜜回忆。

4

绿油油的麦田被风吹着，宛如碧绿的大海翻着波浪。田边小沟生满了杂草，时不时从里面飞出一只不知名的鸟来，在飞出一段距离后，隐藏在麦田中。

"也不知咱们能不能遇上兔子？"梦梦问。

"没狗不行。"小波接了一句。

"我家狗太笨，跑得慢！"

"老白狗倒是可以。"老白狗是梦梦邻居家养的，它身材高大，一身白毛，喜欢在田野嗅来嗅去，嗅到兔子的味道，便一路追去。有人为了吃兔子肉，将老白狗领上，在田野寻找兔子踪迹。虽然不是自家狗，但经常喂它食物，也就熟了。

"这狗可以。"张竹点头，给予肯定。

"刚才我来找你时，它在村头柴火垛上卧着呢！"小波说。

"拿个馒头才能把老白狗引来。"梦梦说。

"是，今天我们不找兔子。"

三个孩子一边顺着河岸寻找老鼠洞踪迹，一边注意其他动物出现的可能，虽然捉不住它们，但能看到它们的踪迹，也令人兴奋。张竹拿着铁锨在前面寻找，梦梦提着水桶在中间，小波拎着老鼠笼子跟在后面，他们三人不住扫视着岸边，不肯漏掉一个老鼠洞。

寻了半里地，张竹才看到一个老鼠洞，只是洞口老鼠打洞拉出的碎土已经不新鲜，显然这老鼠洞已经存在很久了，也难估计老鼠还在不在里面。

"这个不像有老鼠。"张竹说。

"我也这么认为，洞不新鲜。"俩孩子点点头，表示同意。

"不管有没有，我们看一看。"张竹在征求意见。

"中，那从洞口往里灌水看看？"

"嗯！"

张竹见有四个洞口，就堵塞其中两个，留位置高的灌水，位置低的将老鼠笼的门打开，贴在洞口迎接老鼠出来。这样前后皆有伏兵，老鼠是万万难逃脱的。准备妥当，梦梦就从河里提了一

桶水过来,笑道:

"脚拿开,别湿了鞋子,看我把它淹出来。"

梦梦一边往老鼠洞灌水,一边同张竹、小波注意老鼠踪迹。一桶水下去,两桶水下去,三桶水下去,只听到水哗啦啦从洞口流出好一阵还没看到老鼠踪迹,三个孩子才停止工作。

这次白费了工夫,三个孩子继续寻找老鼠洞踪迹。他们先是沿着河岸寻找,只是河岸上的老鼠大多是水老鼠,可以钻水,装在黄鼠狼关子里不如田地中央挖的田鼠好用。田鼠装在黄鼠狼关子会咕唧咕唧叫,就引来了附近的黄鼠狼,水老鼠就不会了。为防止田鼠饿死,还得在里面丢一些粮食,这样老鼠吃粮食的声音同样可以引诱黄鼠狼到来。

三个孩子在一块光板地中发现了田鼠洞,这块地之所以没有种麦子,是主家打算在来年种春花生的。这田鼠洞曲曲折折错综复杂,他们挖了一个小时才将田鼠挖出来,这次挖出的田鼠足有半斤之重,从田鼠仓中他们掏出了四五斤花生,这些花生被田鼠整整齐齐、严严实实地摆放在仓中,有少数发霉了,多数还是完好无损的。张竹寻了个塑料袋,将那些没有发霉的花生装进去,小波和梦梦认为田鼠拉的花生不干净,建议张竹丢弃。张竹却不这么认为,他将这些花生拿回去给他家的几只山羊吃,也胜过丢弃好。他们又在其他地方挖出一只小田鼠,与这大田鼠放在一起。两个孩子掐了一片茅草叶去逗这两只田鼠,结果大田鼠咬得小田鼠唧唧哇哇,浑身发抖,不敢乱动,乐得他们嘻嘻哈哈地笑着。他们没钱买玩具,只有以此为乐。农村的孩子自有他们的乐趣,也许城里的娃娃们反而羡慕他们的生活。

5

张竹完成任务,同俩孩子折回河边转悠,顺势回家,时不时遇上几只野鸡和野鸭从芦苇荡里飞出来。虽然吓他们一跳,却让他们高兴万分。忽然小波指着面前的水坑叫道:

"快看!快看!那水里是什么?"

"什么?"张竹、梦梦疑惑地问,凑近小波去看,惊讶地叫道:

"哇!这么大一条黄鳝!"

"咱们把它捞起来。"小波兴奋地说。

张竹答应着,寻了根粗实的芦苇过来。

"张竹,你看这条黄鳝有多重?"梦梦指着一条鸡蛋粗的黄鳝问张竹,这条黄鳝在水坑里扭动着身子,快要死了。

"一斤多吧!"

"能卖多少钱?"

"冬天黄鳝贵。"

"多少钱一斤?"

"二十。"

"咱们捞上来,明天给把卖了。"

"不知谁下药毒的?"小波问。

"谁知道呢!"

"哈哈!你们看,那里还有一条拇指大的在翻着身呢。"梦梦指着西北处说。

张竹弯腰一看,西北处果然有一条大拇指粗的黄鳝在翻动着身子,这些黄鳝是毒鱼毒的,毒性倒不是很大。冬天河水较少,一点药就可让一大片水坑的鱼死个精光。而所谓的环境在这些毒鱼者眼中是一文不值的,还好是冬天,不至于恶臭漫天。若是夏天,只怕人见人骂。

"张竹,你快去捞啊!"

"中。"

"我们去那边看看。"

梦梦提着桶,小波将老鼠笼丢在一边与他一起折了一根粗实的芦苇去捞黄鳝。这些鱼虾半死不活,无力逃亡,他们用芦苇将泥鳅、黄鳝、鱼虾慢慢拨到岸边捞起,放在桶里。张竹见那些黄鳝还在扭动着身子,心中高兴。想:"将这些黄鳝捞上来卖掉,三人分了,一个星期生活费就不用愁了,省的老是向父亲要钱,让他唉声叹气。"只听那俩孩子惊叫道:

"这里有条大鲶鱼。"

"我这儿还有条半斤的黄鳝呢!"他说半斤,其实只有二两。

"我这儿还有七八条泥鳅。"

"我这儿还有两条大鲫鱼,还在动呢!"

三人高兴起来,将所有能捞上来的鱼虾,一一捞上来。捞不住的,张竹舍不得放过,回去拿了网兜将河流上上下下的鱼虾都捞了。不知是哪个毒鱼者没有将鱼虾捞净,还是忘了捞。

"哈哈,黄鳝和泥鳅有七八斤呢,还有鱼虾呢!"俩孩子虽然不知斤两,但分量足有的。

"差不多!"

"鱼虾便宜,咱们吃了!"

"我家有葡萄酒!"

"中啊,你妈妈厨艺好,就在你家将鱼虾做了。"张竹向小波说。

一时都乐起来,这个将鲶鱼嘴巴掰开看看,那个将黄鳝倒栽头提起来。不少鱼虾已死掉,只有泥鳅、黄鳝还在扭动着身子。他

第六章

们将装满泥鳅、黄鳝、鱼虾的桶用棍子抬回家中,张顺发现了他们收获的鱼虾和花生很是高兴。

"张竹,泥鳅、黄鳝咱们明天拿去卖掉,我只买几盒海怪玩玩。"梦梦笑道,海怪是爆竹,可以在水底爆炸。

"我也是!"小波道。

"明天卖多少钱,大家分了。"张竹笑着,他为自己赚了一笔生活费而高兴。

"不用,你留着吧!我们买几盒海怪就行。"俩孩子一齐说,他们知道张竹家境困难,希望把卖泥鳅、黄鳝的钱留给他用。

"到时说吧!"张竹微微一笑,不想多说。

"海怪?"张顺发奇怪地问。

"伯伯,怎么了?"俩孩子问。

"'海怪'是什么东西?"

"是爆竹,点燃后可以在水底爆炸!"俩孩子笑道。

"不要总是乱花钱!"张顺发瞪大眼睛说,上午这俩孩子还问儿子枪做好没,现在又想买爆竹玩。

"安全型的,没问题。"

"有问题晚了!"

"没事!"孩子们还是很倔强的样子。

"一盒多少钱?"张顺发问。

"五毛一盒,点燃后扔在鱼身边。"俩孩子笑着。

"五毛呢!响几下就没了!"由于他们今天有意外收获,张顺发也不便破坏孩子们的愿望,进屋休息去了。

他们将鱼虾、泥鳅、黄鳝分出来,以清水冲几遍,冲去它们身上所粘毒液。又将泥鳅、黄鳝丢在水桶,高高挂起,以防猫儿光顾，来下黑手。

剩余那些死死活活的鱼虾足有七八斤，他们给择了，又撒盐腌上。小波正洗着腥巴巴的手，便听他母亲喊他。他应声道：

"在这里呢！"

"天黑了，还不回家？"小波的妈妈是紫霞，他知道儿子喜欢和张竹玩耍，就直接到这儿来寻他。

"等会儿，你看我们今天抓的鱼虾。"小波指着腌在盆子里的鱼虾给母亲看。

"哪里来的？"紫霞见到这么多鱼虾，惊讶地问。

"谁知他们哪里捞的，我这儿油也不多，你拿回去煎了吧。"张顺发从屋里出来说，由于吃鱼虾费油费事，他也不想处理这些鱼虾。

"嘿嘿！在谁家做都行，我拿几条吃吃就可以了。"梦梦笑说，忽然有一人吼道：

"梦梦，梦梦！"却是老九的声音。

"在这儿！"梦梦回答，他正是老九的小儿子。

对于老九的到来，张顺发有些厌烦，但他的儿子和老九的儿子玩得很好，他再讨厌老九，也不可能将他拒之门外。

"我家掌柜喜欢吃这个呢！我拿回去做好了，到时你们过去吃就是。"

"嗯！到我们家喝酒。"小波喜欢热闹，欢喜地说。

"哈哈，可以！"

"哪里弄这么多鱼？"老九奇怪地问。

小波和梦梦将鱼的来由说了，又说抓了多大多大的黄鳝。老九一听，心中高兴，连忙问道：

第六章

"在哪儿呢？拿来看看。"

张竹将泥鳅、黄鳝拿过来让老九看。紫霞让张顺发、张竹、梦梦一会儿到她家吃晚饭，尝尝她做鱼的手艺，就要领着儿子端着鱼虾回去，对老九她只当不存在，她知道老九的为人，就懒得搭理他。张顺发和紫霞老公关系好，点头答应着。

"嘿嘿！梦梦，鱼咱们不要了，把这些泥鳅、黄鳝拿回去吃吧！"老九看到那条一斤多的黄鳝，高兴地说，谁都知道黄鳝好吃。

小波还没走，他与梦梦听了这话顿时觉得买海怪的愿望破灭了。张竹心头一震，思忖道：

"下星期生活费可就靠这些泥鳅和黄鳝了。"

"这个不能吃，我和梦梦与张竹要卖钱买海怪呢！"小波说，他与梦梦要买海怪是真，但张竹却是为了生活费，如果小波能提到这点，老九就不会那么"客气"。

"买海怪？"老九拉下脸来，他知道海怪是爆竹。

"就是！"梦梦应了一句。

"你个兔崽子作死吗？"老九说着，在梦梦头上拍了一巴掌。

梦梦低下头，不说话。

"老九！"张顺发声音很大，在叱责他打梦梦。

"等下过去，别忘了！"紫霞提醒张顺发，端起鱼虾准备回去。小波却没有要走的意思，怒道：

"这是我们抓的，不能吃！"

"小波！"紫霞喝着儿子，老九和她平辈，她希望儿子能大度一点，不要和长辈争执。

"哎呀！看不出来，你个小东西成精了，跟你伯伯争呢。"老九瞪着带有杀气的眼说。

"小波,咱们回去!"小波不动,提着黄鳝桶保护它们。紫霞食指在他头上一推,喝道:"给我放下去!"

小波不敢抵抗,放下黄鳝桶,张竹看着一阵难受。

"都回去,明天老子给你们钱,不就几个钱!"老九似笑非笑地说。九年前,张顺发帮他放树摔伤了,他还为几个医药费咒骂张顺发,如今却"大方"起来。

"你拿回去吃吧!也卖不了多少钱。"张顺发只是一笑。

"就是,几条烂泥鳅,有什么稀奇。"老九不以为然地说。

"哈哈,孩子们的东西!吃了就吃了。"张顺发笑着说,但他笑得很勉强。

小波已和母亲回去,梦梦揉着眼哭了,老九不是第一次打他。他知道这些泥鳅和黄鳝卖掉就可以换来他最喜欢的东西。他自己也知道,平时能从父母那里得到一元零花钱也不是件容易事。

"哭什么?你还想买海怪玩!是不是还想挨打?回去看我不把你爪子剁了,给我滚蛋!"老九骂起人也不管这人和自己是什么关系,他在儿子屁股上踢一脚,差点把儿子踢个跟头。

"妈的!"梦梦骂了一句。

人不会无缘无故骂人,特别在亲人之间。

"你想死!"老九又在儿子头上拍一巴掌。

梦梦哭得更厉害了,张顺发搂住梦梦,拦住老九劝道:

"算了,算了,都是孩子们。"

"不能乱骂,快回去找你妈妈!"张竹将梦梦拉到一边安慰着。

梦梦知道父亲喜欢打人,还是有点畏惧,走了。

老九骂了儿子几句,又向张顺发道:

"去紫霞那儿喝酒？还是去我那儿？"

"去她那儿吧，早说好了。"

老九也不勉强，提着泥鳅、黄鳝回去了。

6

天黑了，一轮明月高高悬在空中。皎洁的月光如流水般泻满大地，透过落光叶子的树木，投下了斑驳的影子。天本寒冷，偶尔一声野猫的尖叫，不禁使人浑身都起鸡皮疙瘩。张顺发进屋拿了手电筒，出门咳嗽一声，惊起了树上还没有入睡的鸟雀，使它们扑着翅膀飞到另外一个地方栖身。他关了门同儿子去紫霞那里，李氏也早放羊回来，正睡着呢。

一路上张竹骂老九不是个东西，说这些泥鳅、黄鳝卖了够自己两个星期的生活费，可偏偏被他拿去。张顺发叹了几口气，劝儿子不要在乎这些东西，生活费到时再想办法。他去紫霞那儿不好意思空着手，就拐到代销店赊了两瓶老村长，才上紫霞那儿。没到门口便听紫霞道：

"梦梦，回去做什么？就在这里吃了饭再走呗！"

张顺发与张竹暗惊：

"梦梦没有回家吗？"

原来梦梦骂了父亲，不敢回家，来小波这里玩，又怕母亲担心，便欲回去。紫霞知道这些鱼虾是他和儿子、张竹三个孩子捞的，准备做好了留他一起享用，便劝他吃了饭再回去。梦梦不愿，转身就走，恰与张顺发、张竹相遇。张顺发便问：

"梦梦去哪儿？"

"我回家！"

"别回了,和你妈说在这里吃饭,吃完就回去。"紫霞说。

张竹为了梦梦安心在这里吃饭,又图热闹,要去和他母亲交代一下,张顺发和紫霞正有此心,催他快去。梦梦见张竹去和母亲交代,也就放心了,紫霞拉着他进堂屋去。忽然叮当叮当之声响起,紫霞见张顺发提着袋子,问道:

"顺发哥,你这是?"

"是酒!"

"客气啥,俺们掌柜已经去买了!"紫霞道。

"那得叫他回来,不要再破费。"

"管他呢,买回来也放不坏,你屋里坐着,我得忙活去。"紫霞就戴上围裙去厨房做饭了。

张顺发进屋坐着,将酒撂在桌子上。不一会儿,紫霞的丈夫老秋回来了,张顺发扬手向老秋招呼道:

"别买了,这有呢!"

"嗨!酒卖完了,人家说你赊账拿了两瓶酒,你可怜巴巴的,还总是大方呢!"

"怕啥哩,有钱了再还上。"

"你真是穷大方!"老秋笑了。

张竹从老九那里回来,张顺发问:

"和他爸妈说了吗?"

"说了,哈哈!梦梦他妈不许他爸吃那些泥鳅、黄鳝!说咱们家里可怜,让咱们留着卖钱。"张竹说完,一脸笑容,他的生活费又有着落了。

"什么泥鳅、黄鳝?"老秋还不知道这件事。

孩子们听了高兴,将缘由说了。老秋才笑道:

第六章

"老九也真是，和我一样爱吃鱼。"

"好吃鱼，没好脾气。"张顺发说着，又安慰梦梦一番。

"那黄鳝放哪儿了？"梦梦、小波问。

"我拿回去了，你妈说孩子们难得有点这东西，卖了当零花钱也使得。"张竹笑道。

"嘿嘿，那就好。"梦梦与小波拍手欢喜起来，他们又可以买海怪玩了。

张顺发与老秋见孩子们高兴，也笑了。紫霞从厨房端出一盘刚炒好的花生米让丈夫与顺发先吃着喝着，自己又去忙活了。等她将鱼虾拾掇好，就拣了一碗端给梦梦道：

"梦梦，这是刚炸好的鱼，给你父母端过去，让他们尝尝，你也借此给你爸爸道个歉，孩子是不能骂父母的，快去吧！等一会儿你再过来，咱们一起吃饭。"

"等我端了鱼给爸爸吃，他就不那么生我气了。"梦梦笑了，一边感谢紫霞婶，一边端着鱼回去。刚才他还想着自己回去后该怎么面对父亲，此时他不用担心了，至少他觉得给父亲端鱼吃，父亲就不会再打他了。

梦梦将紫霞准备的一碗鱼端给了爸妈，并借此向父亲道了歉，老九夫妇高兴，只让他到了小波那里不要学喝酒，早点回来。等梦梦回到小波这里，紫霞已经忙完了，正准备坐下来吃饭。梦梦和小波、张竹津津有味地品尝着他们今天收获的鱼虾，张顺发和老秋酒量不错，虽然各自喝了半斤，但并无醉意。小波吃了些，拿起游戏机玩堆俄罗斯方块。梦梦凑近去看，很是入迷。老秋见儿子时常沉迷游戏，叹气道：

"你们孩子还知道操心赚生活费，我们这个小东西就知道玩游戏。"

小波见爸爸说自己,低头不语,要与张竹、梦梦去下黄鼠狼关子。张竹也正有此意,三人一起去了。

"别提他,学习不咋地,就知玩。"张顺发摇头说。

"还是你们孩子懂事,能读进去便让他读,读不进去就让他学个手艺!"

"是呀,没法子。"

"你家庭不好,身体又不好。还得存钱盖房,要是哑巴嫂能自己做饭吃……"

"她能自己做饭吃,我出门要饭也不至于这样了。现在连要饭都不敢去了,我一出门,哑巴就饿死了!"张顺发苦笑着,他前五六年还带着儿子去二三十里远的村子或街上要饭,早上很早出去,赶黑又回来,所要的大多都是馒头和一些毛票。他出去要饭,李氏的饭也只有托村子人送上一顿,他也不敢经常出门要饭,他知道不能总是让别人给李氏送饭吃,何况儿子还小,还要上学,他不做饭给儿子和李氏谁来做呢?

"怕什么?人无长富,家无久贫。"老秋劝慰道。

"就是,张竹就算考不上学,打几年工好歹也盖座平房。"紫霞道。

"上大学,我就不求了。他将来能有个家庭我就心满意足了。"

"还小呢!"

"你们孩子几岁?"

"十二。"

"小呢!我们那小东西就跟傻子一样。"

"哪会呢,懂事也快。"

张顺发同老秋聊了会儿才回去。

7

张竹、梦梦、小波将挖来的两只老鼠装进黄鼠狼关子，打着手电筒搬去一间破烂而装满杂草的屋子布置好一切。第二天天刚刚亮，张竹、梦梦、小波就搓着冰冷的小手一起去收黄鼠狼关子。早晨，房屋、树木和路边的枯草都披了一层厚厚的霜，偶尔一条冻得浑身发抖的黄狗眯着眼睛从他们面前经过，除此之外，没有什么早起的动物，一切都是静悄悄的。

"哈哈！机关落了。"张竹同梦梦、小波来到黄鼠狼关子这里，首先叫起来。

"嘿嘿，真是，不知道大不大呢？"

"手电照下看看。"

三个孩子如得了奖一样高兴，张竹笑道：

"看不见，晃一下就知道。"

"你晃晃！"

张竹将黄鼠狼关子晃动几下，里面果真有东西乱动，发出爪子乱抓的声音。还有一股骚味让人忍受不了，喜得他急忙笑道：

"抓到了！抓到了！"于是抱起黄鼠狼关子同梦梦、小波一路说笑着回去。

张顺发刚刚起床，他昨晚喝了半斤白酒，睡得很香。只听嘻嘻哈哈的声音越来越近，便知是儿子回来了。他正欲出去问儿子结果，却听梦梦与小波喊道：

"黄鼠狼抓到了！"

张顺发一听，却也欢喜。从屋子出来问道：

"有多大?"

"不知道呢!"

"别让它跑掉,跑了就再也逮不到了。"

"还在呢!"孩子们笑道。

"中!你们不要乱动,我拿布袋来。"张顺发说完,去堂屋找布袋。

孩子们在外面等着,张顺发拿了布袋套在黄鼠狼关子有活门的一端,将黄鼠狼放出来,又将布袋绑得严严实实。只见布袋翻腾起来,孩子们激动地喊道:

"别让它跑了!"

"没门!"张顺发说着,就将黄鼠狼摔死在了布袋里,然后才将袋子解开,倒个底朝天。只听"咚"一声,袋子里掉下一只尺把长的黄鼠狼。那黄鼠狼已经僵硬,黄色的毛油油发光。

"伯伯,这个能卖多少钱?"梦梦问。

"估计百十块钱。"

"今天上街将它和泥鳅、黄鳝卖掉!"小波笑道。

"不然连饭钱都没了!"张竹道,不过现在他已经不担心生活费了,黄鼠狼和泥鳅、黄鳝卖掉后他就有了。

"要不要剥皮?"梦梦问。

"不用,以前剥皮是为了多放些时间,等个好价钱。今天去卖,就不必。"张顺发如实说。

梦梦、小波吃了早饭同张顺发、张竹赶集,张顺发怕孩子们卖黄鼠狼、泥鳅、黄鳝时上当,一切都由他亲手处理。这一次,他黄鼠狼卖了一百元,泥鳅、黄鳝卖了一百二十元。梦梦、小波只说自己买几盒海怪玩玩,其他的不要,跟着张竹只图玩得开心而

已。张竹过意不去,硬要给他们分钱。他们拗不过,又知道张竹家境困难,只要二十,再多不要,剩余的都留给张竹做生活费。张竹不好勉强,只好接受,心中却打算着以后自己逮鱼了再送他们两家就是。

张竹有了生活费,心中稍稍轻松些。但想自己靠捕捉黄鼠狼卖了一百元,心中开始沉闷了。他见别人捕捉动物心中愤怒,如今自己为了生活费,同样捕捉野生动物卖,这和别人又有什么区别?只是他的家境有时让他不得已。

张顺发卖了家中两只羊崽,又卖了四袋麦子,才将医药费等债务还清。他这一还,过年和走亲戚的钱却没了着落。无奈之下,他只得请人将鱼塘水抽干,将里面鱼虾和莲藕清理干净。这不清理还不知道,一清理却让张顺发和张竹喜出望外。他大鱼小鱼收获了一百多斤,莲藕收获了三百多斤。不仅如此,还从里面捕获了两只一斤多的老鳖和七八斤的泥鳅与黄鳝。村子人见他鱼塘的鱼都是鲶鱼、柴鱼、鲤鱼、鲫鱼、黄骨鱼、武昌鱼,纷纷来买。

为了挖出鱼塘的莲藕卖钱,张顺发和张竹在除夕前几天总要穿着雨鞋,扛着铁锨下到抽干水的鱼塘,挖出深藏在污泥中的莲藕。腊月严寒,时常结冰,张顺发和张竹还要挽起袖子将污泥中的莲藕扒出来。他们的双手被冻得像冰棍一样,连污泥中隐藏的玻璃割破手指也不知疼了。

他们在集市上卖了老鳖、泥鳅、黄鳝,加之他们卖鱼和莲藕的钱,足有八百多元。这个年,他们总算欢欢喜喜地过了。

第七章

1

二炳的母亲已八十一岁，岁月在她脸上留下了刀刻般的皱纹，她身体还不错，不像其他同龄人天天吃药。她夏天坐在门前摇着扇子扇风，冬天就拎着火罐烤火，只有春天和秋天才出门活动活动筋骨，晒晒太阳。她的孙子小洁已经四十岁，胖胖的身材，留着寸平头，大大的眼睛像一对黑色的珍珠，闪动着光芒。中午吃饭时，她听孙子道：

"邻村死了人，今天埋葬，下午一点到四点唱《窦娥冤》选段。"

二炳母亲听了，笑得眼睛眯成一条线，声音嘶哑地笑道：

"我去看看，我去看看。"

"妈，夏天这么热你去干吗？屋里有电视、收音机呀！"二炳听了扬起眉毛说，对母亲这么大岁数的人还要在大热天去看戏而感到震惊。

"我不看，太刺眼，没真人好看。"

二炳知道母亲脾气倔强，还是劝道：

"天热，你非去不可吗？还要浇地抗旱，顺发也说让帮帮他呢！"

"你忙你的，我自己去。"二炳母亲倔强地说。

"妈，你身体要紧呀！"

"没事，我拄着拐棍去！"

"那么多人，挤挤闹闹的，碰到你就麻烦了。"二炳忧愁地劝道。

"没事，没事！"二炳母亲还是很倔强。

"小洁，你送你奶奶去吧！"二炳实在无奈，只得让儿子送母亲去看戏。

"没事，我送！"小洁就着香椿炒鸡蛋，喝了几两白酒，红着脸说。

"别喝了！"二炳吼着儿子。

"没事，醉不了。"摇头扇在小洁背后吹得呼呼作响。

知了在树上哇哇叫着，田野的花生、棉花、大豆早已旱得发黄，火辣辣的太阳晒得它们耷拉着脑袋。不少人为了抗旱开出家中拖拉机从水沟里抽水浇地。大路上排满了浇地的水管，摩托车和汽车是不易过去的。若是土路，有心人会挖一条小沟将水管埋进去，这样不仅可以保护水管不被过往的车辆碾坏，连通行也顺利多了。

吃了饭，小洁推出家中三轮摩托车。他奶奶坐在上面，撑起太阳伞，看起来异常兴奋。"嘟"的一声响，小洁已启动三轮摩托车，一团蓝色废气从排气管喷出来，慢慢地扩散了。二炳在后面喊道：

"慢点！"

小洁早已远去，没有给他任何回音。

咚锵咚锵的鼓锣声早让小洁的奶奶听得身心激荡，葫芦村距

离那死了人的邻村只有二里远,他奶奶用嘶哑而毫无底气的声音道:

"小洁呀,快点!等下人家戏唱完了。"

"奶奶,不要着急,前面有人在浇灌田地,路上都是水管,不能将人家水管碾破了。这路又浇湿了,你得下来一下。"小洁一边开车一边回首说,心中着实有些怨气。他一时也没想到水沟旁的大路上有这么多抽水机在浇地,知道难以通行,就不会答应送奶奶去看戏,这么热的天,真是活受罪。

小洁停下三轮摩托车,他奶奶扶着围栏慢慢站起,看着奶奶气喘吁吁的样子,小洁嘟囔道:

"奶奶,你这是图什么?那荒腔野调有什么好听的?"

"你不懂!"

小洁干脆将奶奶从车上抱下来,将一路上拖拉机的油门调低,趁着水管松软推过三轮摩托车,再将拖拉机油门加上来。就这样,他一连过了四五台正在抽水浇地的拖拉机。每过一道水管都费了不少力气,他奶奶脚步蹒跚地跟了过去,前面路面凹凸不平,有些水洼。显然是哪家刚刚浇完地,挪走了机器,因为水管漏水才弄到处都是水。小洁甩甩黏在脚下的泥巴,去迎接奶奶,直到将奶奶抱上车才吁了一口气。他上了三轮摩托车,驾驶着缓缓而行,下面的轮子在浑浊的、足有半尺深的水洼里滚动着。

忽然"哗啦"一声,三轮摩托车右后轮深深陷入一个泥坑里,那车身一斜,将小洁和他奶奶甩在旁边水沟里。三轮摩托车熄了火,小洁体壮,从水沟爬起来,一边擦脸上污泥,一边向奶奶走去。他奶奶像大冬瓜一样滚到水沟,糊了一身泥,又喝了几口水,幸而水不深,被小洁抱起来送到路边。慌得小洁

连忙问道：

"奶奶，你怎么样？"

他奶奶躺在路边眯着眼睛，"哎哟""哎哟"地呻吟着。小洁将三轮摩托车推到平路，又将奶奶抱上车，他看看车轮陷进去的地方，痛恨不已。他脑子一片空白，唯一想到的两个字就是"医院"。他慌里慌张地跳上车，启动起来。他奶奶只管捂着腰呻吟道：

"我的腰啊！"

"奶奶，你忍一忍，马上就到医院。"小洁慌张地说，他想不到今天会这么倒霉。

他奶奶不住地呻吟着，小洁也时不时回头看看奶奶。他想马上到医院，又不敢加快速度，生怕颠簸得厉害，奶奶受不了。急得他喊道：

"奶奶！奶奶！你怎么样了？"

他奶奶给他的回音只是"哎哟""哎哟"的呻吟声，小洁无奈，只盼早到医院，把一切希望寄托在医生身上。

2

到了医院，小洁缴纳了费用，办理了手续，医护人员给他奶奶插上氧气管，打上吊瓶。最终确定他奶奶是锁骨骨折，肋巴骨断了两根，她情况糟糕，还在昏迷中。

小洁怀着阴郁的心情通知了家人，二炳跟丢了魂似的搬出屋子里的自行车，骑上往镇医院去。

小洁在病房守着，看到父亲便站起来低头道：

"爹！"

"你是作死！"二炳一边骂着儿子，一边将烟袋杆向儿子头上敲去，又一边喝道：

"你也不看着路？叫你少喝酒你还不听！你奶奶这么大岁数，经得起这一摔吗？"

小洁吓得歪着头，可还是被敲了一下，痛得他青筋暴起，咬牙咧嘴。二炳正欲扬起烟袋杆再敲儿子几下解气，见他一身污泥就收了回去。

"你说那么热的天，那么多的人在浇地，还去看戏？又不是棒小伙。"小洁哼哼唧唧地说。

"嗯？棒小伙？是棒小伙，还让你送干什么？"二炳瞪大眼睛道。

"大叔、大哥，你们不要吵了！病人还要休息。"一宛若银铃的声音说。二炳与小洁回首时，却是一位二十四五岁的女护士。她白色的衣服、白色的帽子、白皙的皮肤，一双水灵灵的眼睛在她那长长睫毛的眨动下显得格外有神。

"知道了，不好意思！"小洁赔笑着。

那女护士看了一眼病人，就出去了。二炳深深端详着母亲，不知不觉中流下了泪水，忽然对小洁道：

"你回去吧！家里牛和羊记着喂一喂，明天再过来！"

小洁回去了，二炳将椅子移到母亲床边坐下，但母亲始终处在昏迷中。他腹中饥饿，到街上买了半斤油条和一瓶矿泉水就匆匆赶回来，生怕母亲在他离开这段时间发生什么情况。

母亲的事故使他什么心情都没有，吃完饭就躺在一张没有病号的床上休息。转眼见吊瓶中的药水快完了，就到值班室通知了护士。护士过来取下打完点滴的吊瓶时，他母亲醒了，她见到儿子就要挣扎着起来，慌得二炳和护士连忙劝道：

"动不得!"

护士劝她好好休息,又嘱咐二炳不要让他母亲乱动,就离开了。他母亲见护士走了,嘴唇微张微合,口齿不清地说道:

"二……二炳,妈……知道……知道自己不行了。妈都活八十……八十一,也……也知足了!你……你别怨小洁,我……我这是自作自受,怨……怨不得别人。"

"你好好休息,什么也别说。"二炳眼中闪着泪光,摇头劝道。

他母亲微微点头。

第二天,葫芦村就有几个妇女和男人们议论纷纷:

"哼!八十多岁了,还鬼着去看戏,真是哑巴戴花!"

这说的正是二炳的母亲。

当天晚上十一点钟,二炳母亲在医院去世,遗体由医院送回葫芦村。一家人设灵堂,围着遗体哭哭啼啼,直到天明。

一大早,二炳吩咐小洁向亲戚报丧,自己与家人办理后事,购买寿衣、孝布、大馍、猪头、鞭炮、火纸、沥青、纸人、纸马、纸轿、花圈、烟、茶、酒、肉、菜等用品。又请村子人做棺材,墓穴不用选,就在二炳父亲墓穴旁边。除火葬是件大事之外,还要请一班或两班戏子在这里吹吹打打。他们吹着笙和大笛,敲着锣、梆子、架子鼓,拉着二胡,弹着电子琴,拍着铙钹,还有一些青年女子拿起话筒唱几出悲哀的戏,来烘托主家的心情。无关紧要的人,不过帮主家抬抬棺材,挖挖墓坑而已,管他们几顿酒喝,发他们几盒烟抽也就是了。至于哭与伤心是主家的事。

最热闹和吸引村子人眼球的还是那些唱对台戏的,双方为了争取观众,戏唱到一半就唱起歌来。分明听他们唱道:

唉

开心的锣鼓敲出年年的喜庆

好看的舞蹈送来天天的欢腾

阳光的油彩涂红了今天的日子哟

生活的花朵是我们的笑容

唉

今天是个好日子

心想的事儿都能成

明天是个好日子

打开了家门咱迎春风

本是主家哀伤的日子,戏子们却唱《好日子》,不少人暗中说道。对面一班戏子见观众围了过去,将大桌子腾出,当作一个简单舞台,接着上来一位二十七八岁的女子。她身材苗条,皮肤白皙,穿着黄色T恤衫和白色喇叭裤,脚蹬黑色高跟鞋,头发染成黄色,还有些卷曲。比起一些乡下妇女,她确实有点姿色。DJ舞曲放了起来,真是震耳欲聋。这位女子在大桌子上跳起舞来,她一边跳一边脱上身衣服。

有些青年人和中年人见了,吹着哨子,嗷嗷大叫,你推我搡地围过去。除妇女觉得没意思离开之外,大多数都留下观看。几位头发染成黄色,嘴里噙着烟的年轻人将手中空烟盒揉成一团朝正在跳脱衣舞的女子身上扔去,大声喊道:

"啊哈哈!小妞子跳脱衣舞了,小妞子跳脱衣舞了。快来看呀!快来看呀!"

后来听说唱《好日子》的被几个喝醉酒的人给赶了出去,至于有没有给他们钱,却无从知晓。而跳脱衣舞的,还是有不少人围着看着笑着,兴趣不比二炳母亲要看《窦娥冤》低。

第七章

第八章

1

二炳家办丧事，张顺发也去帮忙。有人在闲聊时说二炳家请来的戏班子怎么怎么，话吹到二炳耳朵里，二炳咬牙骂道：

"说这话的也没几个好东西！我花钱请戏班子，是唱给你听的？"

别人只是一笑，不说什么。

时光匆匆，不觉又到暑假。张竹盼暑假已经盼了很久，因为他想在暑假期间挣点学费。今年雨水充足，河水一连三个月都没消减，无论白天还是黑夜，河上总有一些用电鱼机电鱼的人。看到别人捕捉鱼虾卖钱，他的心就痒起来。放假的第一天张竹就忍不住问道：

"爸爸，要不咱们也买一些网吧？你看人家一晚上都卖几百元！我刚才在河边看到一条鲤鱼跳了几下，你给我编的黄鳝笼现在不好用了，人家一条网比咱们十几个笼子呢！"张竹希望父亲能买些渔网回来，可以靠捕捉鱼虾卖钱。他自己没钱买渔网，只好让父亲掏钱买。

"这几天正在给棉花和玉米施肥,还要打药。过年卖鱼和莲藕的钱买化肥和农药用完了,现在就剩一百元,还是前几天在工地问工头要的。"张顺发叹气道。

"那咱们先买一条网吧,听说一条要五十元。"张竹不太了解,问爸爸道。

"我知道!"

"还是到县城买,镇上贵些。"

"我知道!"

"那什么时候去?"张竹心急地问,早点买网回来,他就可以早点下河捕鱼。

"今天就可以!"

"真的假的?"张竹有点意外,不太相信父亲说的话。

"什么真的假的?那得我骑自行车去,一来一回八十多里路呢!腿还疼着!"张顺发忧愁起来。

"要不你在桥头坐车去?"张竹心疼爸爸。

"车早上五点半就走了,一天就一趟。"

"可不是,我忘了,不然我去买?"

"你才去过一次县城,又不知道路!万一上当受骗咋办?"

"你以前又不带我去!"张竹虽如此说,并无埋怨父亲之意。

"你不是在上学吗?总不能为了带你去县城,让你请假耽误功课。"

张竹不语。

"再说,我去也是看病,带你有什么用?要买什么,在自家镇上买就是。"张顺发说着,从屋里搬出自行车,准备去县城。

"你不是腿疼?还真去?"张竹和父亲说话,就像和铁哥们一样。一句一个"爸爸",他自己也嫌啰唆。

"不行我骑到公路上坐车去,你在家出门可要上锁。"张顺发嘱咐儿子。

张竹答应着,张顺发自去县城,张竹想不到父亲真要去买渔网,心中说不出的高兴。

2

张竹准备出门溜达,梦梦、小波来了,问道:

"你干什么去?"

"玩啊!"

"玩什么?"

"准备钓鱼。"

"钓鱼不好玩,粘鱼吧!"梦梦说。

粘鱼要用粘网,比钓鱼方便多了。只是钓鱼显得更有情趣,而粘鱼则没有,孩子们哪懂这些,只懂好玩。

"钓鱼要有耐心,也钓不了多少!"张竹同意梦梦的看法,准备粘鱼。

"那咱们就粘鱼呗!"

张竹拿了粘网锁了门,同梦梦、小波来到河边。他的粘网不大,是他花十元钱买的。

张竹脱了裤子下水撒网,他沿着河水较浅位置行走,一边走一边拉着网向对岸去。水藻和菱角叶粘在了网上,他就摘下抛到下流。水位已到张竹下巴处,幸而他谙悉水性,对此全然不惧。

"浮子动了!"梦梦道。

"鱼粘到了!"小波道。

"我知道了。"张竹回答,他将粘网一端系在芦苇上,防止大鱼撞上带走,更重要的是防止被水冲走,乱作一团。另外一端由梦梦和小波拴在河边柳树根上,他正准备回岸,听梦梦道:

"张竹接着,我来摘鱼。"梦梦扔下个红胶盆给张竹,下水而去。

小波个子矮,不敢下水,就在岸上眼巴巴地看着。张竹、梦梦见几条白鱼、鲫鱼粘在网上不能挣脱,心中欢喜,取下丢在盆里。那鱼在盆里跳来跳去,大大小小,已有十几条,又取下几只虾,那虾扬着钳子在盆里爬来爬去。他们取完就上了岸,小波看着盆里的鱼虾笑道:

"有二斤多吧,又能喝酒了。"

"有的。"

"白酒,我只能喝半两的半两。"小波笑道。

"我也差不多!"梦梦道。

"张竹你呢?"俩孩子问。

"最多一两。"

"那么多!"俩孩子有些惊讶,也有些佩服。

"少喝点没事,不能经常喝。"这是张顺发经常说的话,张竹记住后又说给他们听。

俩孩子点点头,表示同意他的看法。

"我爸爸现在不吃鱼了!"梦梦道。

"为什么?"小波问。

张竹好奇,等着梦梦解释。

"自从我爸爸那一次吃了从小波家端的一碗鱼后,就发誓永远不吃鱼!"

"我妈妈做的鱼加老鼠药了吗?"小波风趣地问。

第八章

"你妈妈敢吗？"梦梦翻个白眼。

"有啥不敢的？"小波冷冷笑道。

"下次你试试！"梦梦瞪大眼睛。

"还用下次？这次就行！"

"吹牛！"

"谁不敢吃就是吹牛！哈哈！"

"你说谁呢？"梦梦伸手在小波头上一推。

"说你爹呢！"小波恼怒，也在梦梦头上一推。

"想打架是不是？"梦梦抓住小波胸口衣服，怒喝道。

"干什么呢？"张竹将他们分开。

"哼！"梦梦将头扭向一边。

"哼！"小波将头扭向另一边。

"有什么好吵的？梦梦，你爸爸不吃，咱们吃！"张竹笑道，他在缓解气氛。

"哼！"梦梦撇撇嘴，还在生气。

"怕吃鱼，要么怕鱼刺卡到，要么身上有疮不敢吃。"张顺发曾和张竹说：身上长疮的人是不能吃鱼、吃虾的，否则越吃越严重，这点他记得很清楚。

"我爸爸那次吃鱼被鱼刺卡住嗓子，疼了好多天，所以发誓以后不吃鱼。"

"哈哈，活该！那一次还要吃咱们的泥鳅和黄……"

小波没说完，梦梦一拳过来，向他胳膊打去。张竹站在他们中间，急忙将小波向后一推，喝道：

"有话好说！"

"好话他不说！"梦梦气得眼睛发红。

"你打下试试!"小波不甘示弱。

"试试就试试!"梦梦握着拳头,绕过张竹没有保护严密的位置打过去。

"打什么打?你们不是经常一起玩吗?"张竹一边说一边扯着小波躲避梦梦的拳头,结果梦梦的拳头打在张竹胸口,张竹胸口一疼,所幸无碍。梦梦见打错人,一脸羞愧,停下手向张竹说句"对不起",对小波却更加痛恨。张竹将他们两个分得远些,向小波道:

"怎么能这样说话?"

小波见张竹替他挨了一拳,心中过意不去。低头道:

"不说了!"

"你不说可以,要向梦梦道歉。你们整天一起玩,怎么说恼就恼了?"张竹叹气道。

"对不起,梦梦!"

"哼!"梦梦不想理他。

"梦梦,你比他大一岁,是他哥,就原谅他吧!咱们把网收了,回去将鱼煎了吃,我家前天才榨的香油。"张竹说完,嘻嘻一笑。

"算了!算了!"梦梦叹口气,原谅了小波。

小波说他家还有一盒海怪,要拿来给梦梦玩。梦梦听了高兴,又与小波说说笑笑,和好如初。几个孩子收了网,又粘到一斤多鱼。那白色网丝缠绕在鱼鳍上,使它们无法逃脱,越挣扎越是缠得紧。有的鱼死在网上,被河中虾和水螳螂吃的剩下一副骨头。也有水螳螂粘在上面,被张竹取下扔在地上踩成烂泥。

中午,他们将几斤鱼虾收拾干净,在张竹家煎了,各自吃得津津有味。李氏不能自理,张顺发便将下厨的本事教给张竹,煎

第八章

101

鱼也是他从爸爸那里学来的。那鱼虾煎得又脆又香，李氏也吃得津津有味。她时不时地笑笑，表示高兴。老母羊在李氏附近，闻见香味就凑过来在她手指间舔来舔去，一副乐滋滋的样子。

3

下午三点，张顺发从县城回来。他一来一回骑了八十多里地，累得脚腕都肿了，据他说，这是心脏不好的原因。他本打算坐车去的，但想自己钱不多，也就坚持骑自行车去了。梦梦、小波中午回去吃了饭，又来张竹家玩耍，他们听说张竹父亲去县城买网，要来看稀奇。张顺发将自行车上的网卸下来让他们看，却不住抖着手向张竹问道：

"饭……饭你吃了吗？"他胸脯一起一伏，连说话也上气不接下气，不过他还是先问问自己的儿子。

"吃了，爸爸你吃了吗？你咋回事？"他见父亲上气不接下气的，惊恐地问。

"没……吃，没事！"他刚才抖着手，就是因为又饿又累造成的。

"你怎么不在街上吃点呢？"

"算了，饿两个小时也没什么。"

"街上饭也不贵，吃碗烩面就是。"

"别说了，回来时爆胎了，又花了三块钱补胎，再吃饭还能剩几个钱？"

本来高兴的张竹此时笑容全无，他中午饭做得多，将留的馒头、糊嘟、鱼端到父亲面前。由于夏天，饭还热着。张顺发将馒头掰成一块一块的泡在糊嘟里扒拉着吃了，张竹煎的鱼他却一个

都没吃。张竹见爸爸不吃鱼,问道:

"我煎的鱼你咋不吃哩?"

"先放着,我吃完饭还要吃药哩,哪敢吃太油的东西!"张顺发一边说,一边捏捏自己的脖子,他在脖子上一捏就捏个窝,那窝久久不能退去。

张竹知道父亲病了,难受至极。想下次自己能办的事,绝不让父亲去办。自己也该到县城闯一闯,最少知道"百货楼"在什么地方,那里东西便宜,这也是张顺发跟他说的。张顺发吃了饭,等了十几分钟向张竹道:

"药,你帮我拿来!"他吃了些饭,手也不抖了,说话也有力气了。

"什么药?"

"放在箱子里的纸盒子就是。"

"伯伯,你怎么了?"俩孩子暂不看网有什么稀奇,来问张顺发。

"没什么!"

张竹将盒子拿来,又拿个瓷碗倒些不冷不热的水。张顺发挑了几种,一把将红的、绿的、黄的、白的药丸捂在嘴里,喝几口水咽下。

"伯伯,你怎么吃那么多药啊?"梦梦见张顺发吃了一小把药丸,奇怪地问。

"没办法,医生开的。"

"我爸说过,有的医生总是开很多药。"小波道。

"我知道,怕看不好病人,药量就多下点。"张顺发叹气道。

"那你别在小诊所看病。"

第八章

103

"你不懂,医院不是给穷人看病的地方。"

"不是有'合作医疗'吗?"

"有,但算下来还是很多,没办法。"

俩孩子黯然一会儿,将张顺发买来的网在院子里拉开摆弄着。张顺发吃完药就在屋子休息,张竹将网抱上下河里去,梦梦、小波也跟着去玩。这网有十多斤重,拉开有四丈长,鱼虾、泥鳅、黄鳝、水蛇进去是逃不掉的。因怕晚上被人偷了网,还得在河边睡着照看。不过张顺发从来不让张竹一个人晚上睡在河边,都是他一人照看,下雨还要搭帐篷看守。蚊子、蠓虫借机对他乱叮乱咬,使他不住在身上拍着巴掌,难以入睡。

4

又过几天,下了一场暴雨,蝉蛹从泥土钻出来爬在树上迎接蜕变。晚上,若不嫌道路泥泞,尽可拿手电筒去村外树林里寻找它的踪迹。抓的多了,可以洗净它身上的泥土,煎了来吃。倘若过了夜,这些蝉蛹是要蜕变成知了的。幼时,张竹跟父亲抓过几次,一晚上竟然抓五十多只。张顺发将它们泡在水里洗刷干净,用油炸了,味道鲜美异常。现在他老了,病魔缠身,行动不便,对此已不感兴趣。

暴雨停了,太阳也渐渐出来。树叶上的水珠晶莹剔透,坠在叶子上,被风吹得摇摇晃晃,闪着七彩光芒。张顺发吃了晚饭走出院子,空气中氤氲着泥土的气息,不禁令人神清气爽。

张竹不愿待在屋子,拿起手电筒去河边转悠。暴雨使河水猛涨几尺,鱼儿欢快地游着,青蛙也扯起嗓子唱起歌来。河边有探照灯照来照去,像是捕鱼,他自己也得看好自己的网,免得被人偷去。可他见背探照灯的人步子轻快,断定他们不是捕鱼,而是捕青蛙。若是捕鱼者,他们背着几十斤的捕鱼器,还不笨得走不动路?

张竹在附近照了照,见两只鹅蛋大的青蛙栖息在水边,肚皮一鼓一鼓的,踢些碎土到它们跟前,吓走它们。自语道:

"千万别出来,免得被人抓去。"

忽然有昏黄的灯光向这照来,他碰面才知道这人是老武。老武三十多岁,矮矮的身材,体格健壮,稀疏的眉毛散布在他那萝卜形的额头上,狐狸似的眼睛向上倾斜着,偶尔一看还以为他将螃蟹的眼睛偷来装在自己额头上。他面色黑暗,鼻子像被大锤砸了几下,怎么也隆不起来。他见到张竹就关了灯,叼起一支烟点着,摸着半袋挂在脖子上的东西道:

"哎呀!才抓了十几斤青蛙!"

"十几斤青蛙能卖多少钱?"张竹见他拿着网兜,头上戴着探照灯,脖子上挂的袋子里时不时发出哇哇的声音,有些惊愕地问。

"一斤三块,没多少钱。说来气人!才逮一个多小时灯就没电了,回去充一下电再来逮!"

"老武不睡觉呀?"张竹比老武辈分高,才敢直呼其名。

"不睡了,还要逮呢!今天刚下场雨,青蛙多,白天再睡。"

"青蛙是受国家保护的!"张竹有意劝老武,希望他不要捕捉青蛙。

"嗨!人都没钱花,还保护它?这青蛙要是没人吃,也不会有人收,我们也不会逮呀!"

"青蛙是农民的朋友,还是不要去抓。"张竹依然劝说。

"算了吧,看来你还不知道钱的重要性。"老武冷笑着。

第八章

"知道，你没看书，你不……"张竹极力劝说。

"我小学三年级毕业，我有老婆、孩子、房子，可你连房子都没有。你那土坯房到时连媳妇都说不来。"老武将话说得很重，似乎在教训张竹。

"我还年轻呢！"张竹没有不高兴，他也没有想那么远。

"你是年轻，还是孩子呢！你看你老爸的身子，你不争气是不行的。"

"我知道。"张竹低下头。

"所以说，你要早点懂事。不说了，我先回去了。"

老武回去了，张竹黯然了。自己去年年底也曾为学校的生活费捕捉过黄鼠狼卖钱，还有什么资格去说别人捕捉青蛙呢？这个世界，有时会让人很无奈。

5

张竹打起手电筒在河边转悠，不为别的，只为多抓几只虾，在赶集时多卖几元钱减轻家庭负担。河水初涨，蛙声连天。正是稻花香里说丰年，听取蛙声一片。说起稻香，这儿是没有的。只是在河边，也闻不得其他香味，河水飘荡的腥味始终占据着一切。

手电筒的光芒透过河边一尺来深的水，水下物体一览无余。那如米粒大、红红发亮的正是虾的眼睛。它伏在水底，慢慢爬行着，两条长长的胡须微微摆动着，看起来悠然自得。最威风的还是它前面的一双大钳子，别说凶猛的柴鱼，大嘴的鲶鱼，恐怖的水蛇，长嘴的鸬鹚，没一个敢和它斗一斗，都是敬而远之。张竹看到它，从后面一抄，将它抄在手里，放进袋子里去。顺着河岸前行，偶尔看到水蛇盘成一盘，挡在前面，或者爬在小树上吐着信子，吓得张竹一身冷汗，躲过它们。也有碗口大的蟾蜍坐在岸边，睁着两眼发呆，张竹不小心踢到它，将它踢得滚出几尺远，使它躺在地上四仰八叉地挣扎半天才翻过身来。

一路碰到不少青蛙，张竹故意吓走它们，免得它们被人抓去。他怕自己网给人偷去，不敢离远。张顺发来了，说道：

"你在家里睡着，前年我们芝麻被人偷了一袋，你可小心了！我在这儿看着。"

张竹答应着，回去了。

雨天过后，露水较重，张顺发搭个帐篷睡在里面看网。次日五点多钟，张竹起了床，直奔河边去。张顺发也醒了，只听网中扑通扑通响，心中高兴。听动静，自然是进了一条大鱼。

"爸爸，什么鱼在跳？"张竹听网中扑通扑通响，欢喜地问。

"不知道呢，你下去把网中鱼虾收上来。网继续让它在水中，同样有鱼虾进去，我回去做饭。"张顺发说着，拿了衣被回去，只帐篷留着，晚上还用。

"我知道了！"张竹笑道。

他将鱼虾收了回家，张顺发正在煎茄子，香喷喷的味道让张竹越闻越饿。

"网里是什么鱼？"张顺发见儿子回来，问道。

"是条草鱼。"张竹将鱼虾倒在大盆子里，那条草鱼他单独放在水桶里，怕被龙虾夹死。

"不小呀，有二斤多呢！"张顺发出来，看着鱼笑。

"这条鱼怎么办？"

"先放着！"张顺发还在做饭，怕糊了锅急忙回厨房。

"今天我去卖虾行吗？已经存的不少了。"张竹笑问。

第八章

"中啊，栗河镇你总去过？"

"去过，不如我现在就去，还能趁凉快回来。刚才碰见老二了，他问我要不要一起去。"

栗河镇因靠近栗河而被称为栗河镇，单数逢集，在葫芦村以南十五里。老二也是村子喜欢捕鱼的人，他中等个子，三十四五岁，很是能干。因他在兄弟中排行老二，村子不少人就称他"老二"，他有两个儿子，让他觉得头痛的是，他既要给两个儿子盖房子，还要供他们上学。

"一起去好，做个伴。你可不要张口叫'老二'，要叫'二哥'。"张顺发嘱咐儿子，希望他有礼貌点。

"中！"张竹收拾了，同老二一起去卖鱼虾。

他与老二骑着自行车，驮着鱼虾，并列而行。不由得说道：

"二哥，还是你每天逮的鱼虾多。"

"我费劲大，投的本钱多。你老爸岁数大了，身子又差，不然买个打鱼机比种几亩地强多了。"老二诚恳地说。

"是，就怕我老爸背上几十斤的打鱼机受不了。"张竹有些黯然。

"这是一方面，关键人要灵活，搞不好还电死人。"

"这个我也听说过。"张竹睁大眼，有些畏惧。

"你们只适合买一些网，至于打鱼机，太危险了，变压后有二百多伏。"老二劝说。

"听说七里村那个人，就是被自己打鱼机电死的？"

"谁说不是，那沟水深。他看见一条大鲤鱼在那里就急红了眼，背着几十斤的打鱼机下去。岸边又陡，淤泥又深，他一下去连水裤都进水了，左摇右晃上不来。打鱼机开关又沾了水，一直放电。二百多伏的电压，还不把人电死？"老二说着，心有余悸。

"打鱼机很危险呢!"张竹听了也害怕。

"不要以为鱼是那么好抓的,我用打鱼机也是提心吊胆的。"老二为挣钱不易,叹气说。

二人闲聊着,不觉已到栗河镇。各自卖了鱼虾,在饭馆吃了饭,又买些蔬菜,才趁着凉快回家去了。

6

这些年来,帮助张顺发耕地、种地、收割庄稼最多的还是老秋,他打算将这条二斤来重的草鱼送给他。近日,他腿上风湿犯了,不便行走,想着儿子回来让他送去。院子的老母羊又咩咩叫了几声,显然饿了。张顺发拿些大豆秸秆给它,老母羊埋头吃起来。今早露水重,张顺发没让李氏牵羊去放,只先拿些大豆秸秆令老母羊充充饥,等露水下了,再让李氏去放羊。

厨房引火柴没了,张顺发将竹筐扔在李氏面前,示意她去村子南边麦秸垛揽些麦秸回来。李氏摇摇晃晃地提着竹筐去了。

不少孩子在泥泞的道路上赤着脚踩来踩去,和着泥巴玩耍。泥浆溅在他们衣服上,使他们玩得更加起劲。忽然,一个十岁左右的男孩指着不远处晃动的人影道:

"你们看!"

"什么东西?"另外几个孩子问。

"那不是张顺发家的哑巴吗?"

"是啊,怎么啦?"

"咱们这是一条主道,等下这个哑巴肯定要经过这里。"十岁左右的男孩说着,露出了阴谋家似的笑容。

"那又怎么了?"其他孩子疑惑地问。

"嘿嘿，等下让她在这里滑上一脚，滚一身泥巴。"十岁左右的男孩说完大笑。

孩子们见李氏中了陷阱，拍手笑着，大个的孩子抓起李氏竹筐中麦秸往空中一抛，嗷嗷大叫。有的孩子将脚在李氏面前一滩泥上用力一踩，"啪"的一声，泥浆溅在李氏脸上，李氏哇哇哭了。有人向这边走来，孩子们慌了，喊道：

"有人来了，快跑！快跑！"

他们不一会儿就不见了踪影，李氏还在哇哇乱哭。她从泥浆里挣扎起来，找到竹筐提着回家去了。

老二与张竹卖鱼虾回来，见前面有一滩烂泥和许多麦秸，不知什么原因，只得赤脚推着自行车过去。李氏回来，张顺发见她一身泥巴，心中诧异。又见竹筐就那么几根麦秸，瞪她几眼夺下竹筐丢在一边。张竹快到家门口，他吃力地推着自行车，自行车前后轮胎上沾满了泥巴。张顺发见了，一拐一拐地迎上去，道：

"我推。"

"我来，你行动不便。"张竹见父亲一拐一拐的，心疼父亲。

张顺发也不勉强，张竹将自行车推进院子，寻一根棍子将上面沾的泥巴捅掉。忽然见母亲一身泥巴，问道：

"爸爸！我妈怎么回事？"

"谁知道！"见儿子问，张顺发气愤地说。

"一定是别人干的！"张竹见母亲脸上都是泥巴，瞪眼骂着。他认为母亲就算跌倒在泥滩里，也不至于全身都是泥巴，一定有人戏弄母亲，往母亲身上糊泥巴。

"妈妈刚才去揽柴禾了？"张竹见一边的竹筐上糊了不少泥巴，里面七零八乱的有几根麦秸就问。

"是啊。"

"我知道怎么回事了!这些小杂种们!"以前他母亲揽麦秸回来时,他就看到一些十来岁的孩子们抓他母亲竹筐中的麦秸乱撒,还拿土坷垃打他母亲。这一次,他就怀疑那满地的麦秸和母亲身上的泥巴是那帮十来岁的孩子所为。

"怎么了?"张顺发问。

"我妈揽的一筐麦秸一定被那群小杂种们你抓一把,我抓一把给乱撒了!"张竹愤怒到了极点。

"你怎么知道?"

"我回来时见路上有不少麦秸,撒得到处都是。有段路被那些家伙们捣成泥浆了,我妈一定是从那过,不小心摔了一跤,才弄一身泥巴。刚才还碰见那几个家伙,对我翻着白眼。"张竹越说越愤怒,却无处发泄。

"你说哪几个?"

"前几天偷人家瓜被逮到的那几个。"

"那几个小家伙皮得很。"张顺发摇头道。

"我问问谁干的,非揍他不行!"

"算了!"张顺发叹气。

"算了?下次他们还欺负咱!"

"你想怎样?"

"我问问是谁干的!"

"算了,都是孩子们,不懂事!大人谁干这事?不要再说了,那条鱼给你老秋叔拿去。"张顺发依然叹气,他不愿多事,也是怕事的人。

"哼!"

第八章

"哼什么哼？下次我找他们家长去，今天卖了多少钱？"

"一百三十元，买菜吃饭花了二十元。"张竹清清楚楚地说。

"先放你身上！钱卖的多了再去买一条网。"张顺发说。

张竹答应着，将那条草鱼送到老秋家。老秋欢喜，送些洋葱、土豆给张竹提回去。

7

现在张顺发已有三条渔网，最近每天都有五十元左右的收入，他和张竹很高兴。这晚，张竹正在吃饭，梦梦和小波又来找他。他们见张竹还在吃饭，问道：

"张竹，你家手电筒还有电吗？"

"有啊！"

"你们准备用？"张顺发问。

"我们是来找张竹抓蝎子的。"梦梦与小波齐说。

"嘿嘿，我已经抓三十多只了。"张竹笑说，蝎子是他前几天趁着晚上热燥在七里村学校的院墙上抓的。

"哪里抓的？"梦梦与小波疑惑地问。

"是小龙老师告诉我的，他说七里村学校的院墙上有蝎子，我晚上去了果然有。"张竹笑道。

"快拿出来看看！"梦梦、小波笑道。

张竹放下碗筷，进堂屋端出个大盆子。盆里是三十多只蝎子，有大有小，正翘着尾巴爬来爬去，发出窸窸窣窣的声音。他将盆子放下，梦梦、小波围着看。有的大蝎子从小蝎子背上爬过去，绕着盆子转来转去，想逃离这里，只是盆子边缘异常光滑，它们是如何也爬不上来的。小蝎子被大蝎子在背上踩过去不敢发怒，也不敢乱爬，三三两两地聚在一起，不知谈些什么。

梦梦、小波还在围着盆子看蝎子，张竹吃完饭，问道：

"你们两个想去逮蝎子吗？"

"想啊！"梦梦、小波一齐回答。

"等下我和你们一起去！"张竹笑说，前天是他一个人去，现在有两个伴，他自然高兴。

梦梦、小波听了心中乐滋滋的，只等张竹收拾了一起去。

"那儿坟多，你晚上去不怕？"张顺发瞪儿子一眼，对他晚上要去逮蝎子感到担心和不满。

"前天晚上就是我一个人去的，今晚三个人还怕什么？"张竹笑道。

前天晚上他是一个人偷偷去的，张顺发见他已经拿着蝎子回来，没说什么。如今听儿子说还要去，不免担心起来，瞪眼道：

"不怕？就怕你中了邪回来！"

"怕？有什么好怕，那儿埋的都是烈士。"张竹笑着，显然听不进父亲的劝告。

梦梦、小波什么也不说，心想，三人一起去，也没什么可怕的。

"愿意去就去吧，那地方晚上可是阴气逼人，记着早点回来。"张顺发瞪大眼睛警告儿子，他对鬼神之事也是半信半疑。

张竹点头答应着。

"还有……"

"什么？"张竹急忙问。

"学校旁边那条河，年代很久了，晚上注意！遇见大蛇可不要打它。"张顺发仍然劝着。

"哈哈！"梦梦笑了。

第八章

"嘻嘻，哪有什么大蛇？"小波也笑了，他知道张顺发在吓唬他和梦梦。

"胡说！你没见过罢了，那些蛇长个七八斤还是小的呢！像水桶粗的蛇还不一口把你们吃了！"张顺发阴着脸说。

"吹牛！"

"骗人！"

梦梦、小波笑了起来，张竹也想笑，但没笑出来。

"怎么骗人、吹牛了？"张顺发瞪大眼睛问，孩子们说他骗人、吹牛，他并不生气。

"咱这儿有水桶那么粗的蛇？"梦梦问。

"虽然少见，但碗口粗的蛇还是有的！"张顺发把眼睛睁得很大，对孩子们的无知感到忧虑。

"伯伯，你见过了？"梦梦、小波好奇地问。

"一丈长的蛇我是见过的，就是八年前在村子西边的桥洞里。"张顺发说着，更加起劲。他除了多年前见玩杂技的玩过碗口粗的蛇之外，在野外是没见过这么粗的蛇。对于少见的事物，人们一旦见了，总会将它夸大其词，来引起别人的注意。

"现在它跑哪儿去了？"孩子们疑惑地问，对这件事很感兴趣。

"谁知道！可能涨洪水时把它淹跑了。"这是张顺发的推算，毕竟他们这里河流小，存不下大物种。

张竹见九点多了，要去逮蝎子，张顺发嘱咐他们早点回来，不再劝说阻拦。三个孩子打着手电筒来到七里村学校院墙外，一路上青蛙、蟋蟀、纺织娘的歌声打破了夜的宁静。手电筒的光芒招来了飞蛾，它们绕着亮光打转。学校附近是一片片的庄稼地，种的是棉花、大豆、绿豆、红豆、红薯、玉米、花生、芝麻、西瓜。花生叶在夜晚贴合在一起,早晨又舒展开。路边有不少菜地,种的是黄瓜、茄子、辣椒、莴笋、豆角、韭菜、荆芥、西红柿、空心菜、小白菜。荆芥是张竹最爱吃的,掐一把嫩嫩的叶子洗净放在碗里撒些食盐,滴上几滴香油凉拌一下,味道鲜美至极。偶尔照见一只兔子或黄鼠狼从庄稼地里蹿出来,穿过大路钻进草丛去了。笨拙的刺猬是常常可以遇见的,只是张竹、梦梦、小波懒得搭理它们,有时则一脚将它踢得滚出一丈多远,滚进水沟里,慌得它扒拉着四条腿凫到岸边逃生去了。

学校院墙没有粉刷,裂了许多缝隙,蝎子就在缝隙中安家。张竹左手拿着手电筒在院墙上寻找蝎子的踪迹,右手拿着镊子,以待遇见蝎子时将它夹住丢在小波所提的罐头瓶中。梦梦则拿一根铁丝钩在手里,这是张竹为按住蝎子,防止它逃进墙缝而准备的。

"张竹,蝎子在哪儿呢?"梦梦问。

"对啊?"小波也问。

"等一下,不是在找嘛!"

白色亮光射在红色院墙上,一览无余。走了四五步远,就听张竹道:

"你们看,这尾巴翘着的就是蝎子。"张竹见这蝎子没地方躲藏,不急着抓它,好让梦梦、小波见见蝎子在夜间是怎么活动的。

"哈哈,快捏住它,别让它跑了。"梦梦、小波见到蝎子,高兴地叫起来。

"不用怕,怕它跑,就在它背上吹一口气。"

"在它背上吹一口气?你不怕蜇到嘴巴?"梦梦、小波哑然失色,对张竹所说的感到震惊。

"又没让你亲蝎子!不要凑太近。"张竹说着在蝎子背上用

第八章

力吹了口气，那蝎子果然缩成一团，伏在那里不动。等那口气消失后，蝎子继续爬行。

"哇，果真如此！"梦梦、小波这才相信张竹说的没错。

梦梦、小波也在蝎子背上用力吹了口气，蝎子照样呆着不动，过一会儿又开始爬行。张竹将蝎子夹住丢在小波提的罐头瓶里，见蝎子在瓶里团团转，高兴无比，这是他今晚收获的第一只蝎子。等他抓的蝎子多了，一部分可以卖钱，一部分他要饲养着。

"你怎么知道在蝎子背上吹口气，蝎子就不跑了？"梦梦、小波一边问张竹，一边跟着他寻找蝎子。不少蟋蟀爬在墙上，有壁虎过来一口将它们咬在嘴里。各色各样的虫子在墙上爬着，有虫子被蝎子擒住拖入洞中，成了蝎子的美餐。

"听人说的。"

"听谁说的？"

"小龙老师！"

张竹依然在寻找蝎子，梦梦、小波紧跟着。偶尔"哇"的一声尖叫，一只野鸟扑着翅膀从树上飞走了，吓得他们三个孩子起了一身鸡皮疙瘩。忽然，小波指着墙根一棵野树苗道：

"你们快看！那条红里带黑的是什么？"

"花红蛇。"张竹、梦梦齐说，一条鹅蛋粗的花红蛇正爬在一棵树苗上吐着信子瞅着他们，吓得他们一身冷汗，一颗心也扑扑乱跳。

"别管它，我们走。咦！墙上有只蝎子，还咬着一只蟋蟀呢。你们看！"张竹正欲前行，却见一只蝎子，那蝎子离那蛇不远，在附近徘徊着。

"这只我们不要了，离蛇太近！"小波说着，面露惧色。

"那还不简单,赶走它就是。"梦梦说着,抓起田边一把碎土撒在蛇身上。那蛇一慌,从树苗上掉下来,钻进草丛去了。

张竹见蛇钻入草丛,去夹那只蝎子。只见那蝎子又肥又大,全身乌黑,背上驮着一只蟋蟀爬行着。那蝎子和蟋蟀嘴对嘴,将它咬着,蟋蟀却不敢乱动,像骑马一样骑在蝎子背上。它一动,蝎子便蜇它一下。张竹夹住蝎子尾巴,丢进小波提的瓶里。那蝎子不肯放蟋蟀,一块被丢进去。

"真贪吃!"小波笑道。

"这里有蜈蚣吗?"梦梦问。

"有蜈蚣的地方没蝎子,有蝎子的地方没蜈蚣。"张竹是听爸爸说的,如今又说给梦梦和小波。

三个孩子说笑着,也不知抓了多少蝎子,围着院墙寻了两圈才回家。

第八章

第九章

1

张顺发种的一分地的西瓜、甜瓜、菜瓜倒是收成不错。可他发现昨天两个个头较大的西瓜不翼而飞了,旁边那些拳头大小的西瓜被人踩得"粉身碎骨"。他看看其他的,踩坏的踩坏,踢掉的踢掉,从脚印看并非孩子所为。张顺发已是快六十岁的人,整日病魔缠身,看到眼前情景,气得浑身发抖,站在瓜田中央,骂道:

"王八蛋,老子种甘蔗你们偷,种豌豆你们偷,养鱼你们偷,如今种点西瓜你们还来偷!你们摘两个解解渴就是了,还一个个都踩烂……"

他的腰已弯曲得很厉害,仿佛经常被人骑在脖子上压的一般。他将瓜秧翻来翻去,翻出一条条足以令人行走而不绊脚的道路出来。他又摘了不少西瓜和甜瓜,用蛇皮袋子装着往家背。他背了一阵便满头大汗,气喘吁吁地坐在桥头树荫下休息。

几个老太太领着她们的孙子正向张顺发这边走来,张顺发见了,一边擦汗一边打开袋子去寻甜瓜,准备给这些孩子们。

"哪儿弄这么多瓜?"

"哪里偷的?"

"给我一个吃吃。"

几个孩子围着张顺发,叽叽喳喳叫着,有的叫声"爷爷",有的什么都不叫。他们的奶奶早被抛在后面,好一阵才脚步蹒跚地过来。

张顺发一边给这些孩子分瓜,一边皱眉道:

"别抢!别抢!什么偷的,是自家地里的。"

"这个是我的!"

"那个是我的!"

"这个是你的。"

"那个才是你的!"

"把你手里的拿过来!"

"谁让你抢我的大甜瓜,滚蛋!"

"这不是你的,是顺发爷爷的。"

"这是你从我手里抢的!还给我!"

张顺发还没来得及给这些孩子分瓜,孩子们便把小手伸进袋子里抢起来,为瓜大、瓜小、瓜白而相互争夺咒骂。

"别抢了!都有!小家伙们真皮呀!"张顺发嚷道。

只听扑通一声,一个孩子不小心将甜瓜掉在桥下。桥下有水在流,那甜瓜漂在水面,顺流而下。

"你们干什么呢?小心我打你们。"

"瓜是你们顺发爷爷的,不要拿人家的。"

"小兔崽子,自家不是有瓜吗?偏偏人家的香。"

几个老太太过来吆喝几声,那些孩子才安分些,有的将甜瓜

第九章

放回原处，有的紧紧拿着。张顺发小跑着下到水沟，将那掉在桥下的甜瓜给截住捞上来。上岸时他脚跟被玻璃割破一寸多长，鲜血汩汩地流着，他洗净腿脚上污泥就取出旱烟袋抽一窝烟，将烟灰摁在伤口上，将血止住。孩子们见他脚被割伤，不再争夺甜瓜。他的袋子歪歪扭扭靠着桥栏，仿佛自己成了捡破烂的老头。这些老太太眨巴着眼睛，有的当没看见，有的指着孙子骂一通。张顺发心中不乐，一瘸一拐地上了桥，给没有得到甜瓜的孩子们各自分了一个就背着袋子回家去了。

2

回到家，张顺发说瓜被人偷了，又怎么怎么被人踩烂。张竹听了愤怒，认为是晚上逮青蛙的干的，猜想他们一定是晚上逮的青蛙少，把西瓜偷去安慰下自己。张顺发也这么认为，觉得没有哪几个人会在夜里特意去偷几个西瓜，都是一些夜间捕猎者收获小而来个顺手牵羊。张竹见父亲走路一拐一拐的，就问原因，张顺发一五一十地说了。

张竹听了闷闷不乐，离开学还有十多天，他却为学费操起心来。因而问道：

"爸爸，咱这一个多月来，鱼虾也卖有八百多元吧？"

"有的，可买农药、化肥就花了一半。前几天结石病复发了，又花了二百多。总算卖麦子的钱还没动，算起来有一千多元呢。"

张竹听父亲手里有学费，心中宽松些。今天他去河上洗澡，河上又被人投了毒，他的网里全是死鱼死虾，气得他把所有的网都收回家中，码在院子里。张顺发知道了，坐在院子树下抽旱烟，一边抽一边咳嗽着道：

"河是人人有份的！你可以逮鱼，人家也可以。"

"我知道，只是毒鱼太坏良心了。一瓶药从上流倒下去，下流的鱼都死个光，这是破坏环境。"他学过自然课，知道环境的重要。

"我们管不了，希望以后少有这种事。"

"北边不是有个地方可以抓鱼吗？是个滩窝，里面生了许多水草，很少有人去，叫老桥！"张竹忽然想到这个地方，很高兴。那个地方草多，毒了鱼也难捞到，几乎没人下毒。

"老桥路不好，拉网的车子难进。下午咱一起去，多做些饭，吃完还要带些过去。路远，晚上不用回来，门也得关好。"

张竹答应着，下午天气异常闷热。张顺发与张竹备了晚饭，将渔网、席子、被子、避雨之物装上车，怕山羊被人偷走，将它们拴在屋里，给它们揽了一筐干花生叶吃。又将李氏安排妥当，才拉上车去老桥。

老桥周围是一片一片的芦苇，大风一吹，芦苇荡里吼吼作响，像怪物的叫声。滩窝就在芦苇荡里，水蛇、水鸟、水蜘蛛常常出没于此，下游有个半塌不塌的石板桥，是用七八块墓碑搭成的，不知道有多少年了。据说以前这里打过一场仗，抗旱时抽干这滩窝的水，可以在淤泥里见到棺材板和死人骨头。那些因为锄草而晚归的农民，都不敢经过这里。一些晚上捕捉青蛙的人，则称在这里遇到过碗口粗的黑蛇，蛇信一吐，半尺多长。

如今为了增加点收入，张顺发和张竹也顾不上这些，到这里就将网下了。四点多钟起了大风和雷声，张顺发父子急忙搭起帐篷避雨。由于风雨大，他们搭的帐篷被吹翻过两次，浑身上下和所带之物皆被雨水打湿。

他们赤着脚在帐篷内地面上一踩，便踩出水来。蚊子也趁机和他们躲在一起，时不时骚扰着他们。他们的巴掌一会儿响在背上，一会儿响在脸上，一会儿响在腿上，一会儿又响在脖子上。他们的手掌早已血迹斑斑，粘满了蚊子的尸体。

到了半夜，风雨依然没有停，他们父子俩冻得浑身发抖，就脱了湿衣服圪蹴在帐篷里。张竹在挠痒时忽然碰到身后的矿泉水瓶，高兴地说道：

"酒，爸爸，我带酒了！"

这酒是他晚上睡觉时为了防止蚊虫叮咬而擦身用的，先前蚊子咬得那么厉害，他就没有想起来他还带了白酒过来。张顺发听了笑道：

"那就好，倒一些在手心，擦在身上，蚊子就不会总咬我们了。"

"爸爸，你先喝一口吧。你看你冻得浑身发抖。"外面的风还在吼着，吹得帐篷一摇一晃。张竹见父亲冻得发抖，心中难过，将酒递给爸爸，希望他喝两口暖暖身子。

张顺发喝了两口，就让儿子也喝两口。漆黑的天空时不时来道闪电，将地面照得宛如白昼一般。张竹趁着闪电向河面望一眼，不由得笑道：

"爸爸！涨水了！涨水了！"

"我知道，下那么大雨，不涨水才怪！"

"那些被下毒的地方就可以有鱼了。"张竹笑道。

"换了新水，鱼顺流而下也不奇怪，只是鱼要少很多。"张顺发皱眉道。

张竹听了，不像先前那般高兴。

凌晨五点多，张顺发和张竹下水将网收上来，这一次收获不小，以张顺发的推算，收获的鱼虾可以卖一百多元。他们将渔网、席子、被子装在车上回去。走了一里多路，再也走不下去。泥泞的道路使车轮深陷于此，无法前行，任凭张顺发在前面如何拉，张竹在后面如何推，也无法让车子移动半步。他们的车子都靠人拉，虽然可以用拖拉机和牛拉，但张顺发却买不起它们。

"昨晚冻了一夜，觉也没睡，现在家也难回了。"张顺发叹道。

"这怎么办？"张竹忧愁地问。

"那也不能将车丢这儿。"

"要不找人帮忙推推？"张竹出个主意，脸有喜色。

"人有多大力气？找头牛来。"张顺发道，他觉得找几个人过来远比找一头牛欠的人情大，甚至没有牛好用。

有时张竹觉得父亲脑子很灵活，却不懂他为什么贫穷。张顺发将老秋的牛牵来，才将车子拉回家。当他们父子回到家中却呆了，他们的西房塌了半截。先前西山墙向外鼓了，张顺发用一根树干顶着，只是他想不到这么快就塌了。张顺发借牛用时并没回家，对此全然不知。他们见西房都是断瓦片、断椽子、烂土坯，一时不知如何是好。

西房是他们和山羊的卧室，李氏已躲在堂屋，脸上被砸了一道伤口，不严重。几只山羊眯着眼睛，可怜吧唧的躲在墙角等着主人回来，时不时咩咩叫两声。

张竹见此情景，不由得愁苦起来，问道：

"这咋办？"

"咋办？补呗！"张顺发悲喜交加，悲的是西房塌了要花钱补，喜的是自己和儿子躲了一场灾难，没被砸到。

"咋补？"

第九章

"先别管，塌就塌了，先把羊牵出来，再把里面东西收拾了再说。"

张竹将羊牵出来，西房其他物品都搬到堂屋里，床也抬去了。张顺发还要翻腾其他东西，就让张竹做饭。张竹做好饭，与父亲同吃，李氏还是单独一副碗筷，待在一边吃，没拴的山羊又来蹭她饭吃，被张顺发踢了几脚，苦着一张脸到其他地方捡树叶吃去了。

张顺发父子吃了饭，就考虑修补塌了的西房。这件事他们父子解决不了，只得请村子的工匠来，所需的石灰、沙子、砖头、瓦片、脊檩、椽子和工钱不仅花光他们卖麦子的钱，还逼得他们东借西凑，卖掉一只小羔羊。等西房修补妥当之后，张竹距离开学也就只有七八天的时间，这几天时间他要抓紧捕捉鱼虾卖钱，为学费做准备，而张顺发想的不仅仅是张竹的学费，还要为债务操心。

除老桥那一晚收获的鱼虾卖了一百六十多元，以后的日子他们每天收获的鱼虾只有二三斤，那些被投毒的河流几乎没有什么鱼虾了，虽然下了一场暴雨，换了新水，但鱼虾还是少的可怜，何况在河上捕捉鱼虾的又何止他们一家。张竹感到绝望，而这几天又要随着父亲下地锄草，没有时间逮鱼赚钱，可这些农作物又处在生长期，还不能产生效益。

3

开学的前一天，张竹将虾凑了二十斤，泥鳅、黄鳝凑了五斤，张顺发驮着到集市卖了。集市人多，他就推着车子走。忽然，他发现自行车推不动，急忙转身看怎么回事，却没发现任何异常。等他再推自行车时，自行车又恢复正常。他觉得奇怪，推着自行车前行，等他摸自己上衣口袋时，忽然惊道：

"我的钱呢?"

他立刻停下脚步,将所有口袋摸个遍,又将刚走过的这段路仔细找了,什么也没发现。除自己裤子口袋还有三元硬币之外,卖虾、泥鳅、黄鳝的一百五十元钱竟然不翼而飞,三分钟前他看见前边那个卖烟叶的摊子去摸自己口袋时钱还在。而自行车发生异常时,正有几个二十几岁的小伙子从自己身边经过。之后,自己的钱就没了,这期间他没有弯过腰,钱也不可能从上衣口袋掉下来。

"你们几个站住!"张顺发一边往回走,一边大声喊,他怀疑自己的钱是被那几个二十几岁的小伙子偷去的。

"大叔,怎么了?"有个卖西瓜的中年人在张顺发旁边,关心地问。

"你们几个站住!"张顺发没搭理那中年人,推着自行车赶上那几个小伙子。

大街上的人像看怪物一样看着张顺发和那几个小伙子。几个开店的人站在店门口摇头叹气,轻声道:

"这老头倒霉了!"

"可不就是!"

"卖西瓜的也不是什么好东西,和那些年轻人是一伙的。"

"你找谁?"几个小伙子终于停下来,其中一个黑脸问。

"你们拿我钱没有?"张顺发问。

"谁拿你钱?"

"那我的钱怎么在你们经过后就没有了?"张顺发眼圈红了,身子有些颤抖,这些钱给张竹交学费还不知道够不够,如今又被人偷了。这是他的活命钱。

"怎么回事?"卖西瓜的中年人已经过来,问了一句。

第九章

"这位大哥,我钱不见了。你有没有见到?"张顺发急了一头汗。

"没有,是不是你自己弄丢了?"卖西瓜的中年人狡猾地一笑,又向那几个小伙子问:

"你们捡到的话,就给他吧!他这么大岁数,也不容易。"

"没有!哪里捡他钱了?"

"就是。"

"谁知他钱丢哪了?就来讹我们。"

那几个小伙子说笑着,都说没拿张顺发的钱。卖西瓜的中年人眼珠转了几圈,又问张顺发:

"你岁数也不小了,别是忘记放在哪个口袋,再找找看。"

"没有!"张顺发眼圈红得更加厉害,他肯定地说。

"肯定是你自己弄丢了!"

"就是!"

"不是看你岁数大!早揍你了!"

"我们快走,他想钱想疯了。"

"就是!"

几个小伙子骂着走着,消失在街道上。张顺发想再去追赶他们,但自己没有足够证明他们偷了自己钱的证据,只有罢手。卖西瓜的中年人见那几个小伙子去了,推着车子喊道:

"西瓜!卖西瓜!"

张顺发呆在那里,眼泪流了下来,那如树皮般的手背在眼眶擦了又擦。他摸摸裤子口袋的三元硬币,拐到卖烟叶摊上,哽咽着问:

"多……多少钱一斤?"

卖烟叶的和他岁数不相上下,暂不说烟叶多少钱一斤,叹道:

"你自认倒霉吧,准是你转身看什么东西时,被人家偷走上衣口袋的钱,这些王八蛋们。"

"真是他们偷的?"张顺发听卖烟叶的骂那些人,心中倒也痛快。

"除他们还能有谁?"

"这……"张顺发惊讶了,他知道再找他们,他们一样不会承认,指不定自己还会被他们打一顿。

"算了吧,就当买个教训,不少人都着了道。烟叶有五元一斤的,三元一斤的,你自己看吧。"卖烟叶的替他不平,却没办法帮他。

"不看了,我就三块钱,你随便给我称点。"张顺发说着将三元硬币放在卖烟叶的摊位上。

"不知你丢了多少钱?他们这些小混混还抢人家初中生的钱,咱这些农民得罪不起。"卖烟叶的边说边给张顺发捆烟叶。

"一百五十来元,准备给儿子当学费呢!转眼就被人偷去。"张顺发说着,连连叹气。

卖烟叶的将烟叶递给张顺发,张顺发接过烟叶,已知这重量绝非一斤,疑惑道:

"三块钱你就给这么多?"

"就剩这么多,全部给你我也省事。"卖烟叶的笑道。

张顺发谢了,闷闷不乐地回了家。到家,张顺发将今日钱被偷的事说了,村子人有的说他愚蠢,有的说他懦弱,有的说他活该。张竹听了,气得牙咬得吱吱响,又为自己学费发愁起来。

第九章

第十章

1

等开学时,张竹在黄花镇高小上了六年级,而六年级的教科书正好和他上五年级时的一模一样。他上五年级时是2002年,就在这年11月份,开始出现了SARS病毒,并在2003年3月份就开始向内地扩散,许多小学隔三差五停课,一些从外地回来的农民工也被隔离在大队部和学校进行观察。学校上课的日子,还要熬一些草药用桶装着提到每个班,由老师舀给每位同学,那药汤甜甜的,同学们都喝得一滴不剩。不用说,这些草药都是国家为了预防SARS病毒而发放的,命令一下达,各个部门都实施了。学生是国家的希望和未来,国家就更加重视。

一些农村人为了预防SARS病毒,大量购买板蓝根和白醋。板蓝根是冲开水喝的,白醋却是用来熏屋子杀菌的。有的挖茅草根、芦苇根、黄花苗根熬三根汤喝,至于这三根汤能不能预防SARS病毒,他们不知道,只知道这东西清热解毒。三根汤每年春天都有人喝,而春天也正是病毒流行期,他们认为喝三根汤可以预防病毒侵害。

张竹五年级下学期停课的日子最多，老师讲课也快，或者没有讲完，上级就要求停课。而他上六年级又继续学习五年级的课程，五年级则学习先前四年级的课程，以此类推，等于把之前耽误的课程全部补了回来。而一至六年级的教材也从这一年开始改变了。

进入高小时，张竹的第一件苦恼事就是想家。黄花镇的高小距离葫芦村远，一个星期只能回一次家，而七里村虽然是个中心小学，五、六年级要住宿，但张竹家距离学校近，中午时不时可以回家吃顿饭，一路上看看花草、树木、小鸟，不至于烦闷。而黄花镇的高小就不一样了，纯属封闭式管理。不过，时间久了，张竹交了新的朋友也就没有那么想家了。

黄花镇的高小教学极其严格，张竹的学习成绩在这里得到了提升，特别是他的数学成绩，总能达到九十分以上。他的数学老师确实有一套，不准学生在教科书的练习题上填写步骤答案，就是用不出水的圆珠笔将步骤答案刻在上面也不行，他会不定时抽查某些学生的教科书进行检查，一经发现，便要处罚。做课堂作业时，他会让学生们搬上凳子到教室外空旷的地方去做，学生之间相隔很远，不能抄袭。演草纸不能随意带，每人在教室上交一张演草纸，在使用时，老师又打乱后发下来，学生根本没有作弊机会。就是在布置课堂作业时，他也会临时将其中几道题进行变化，那些不会解答这道题却早将步骤答案熟记于心的学生就傻眼了。

老师在班里成立了学习小组，七八位学生中间有两位优秀生是学习小组组长，会对其他一些成绩较差的学生进行辅导。在此

之前，老师就让每位学生准备一个笔记本，将每一次考试后的错题抄录在笔记本上，这笔记本被命名为"错题集"，学生要将自己的"错题集"一一理解消化，要知道自己错在哪里，争取下次不犯。理解不了的由学习小组组长进行讲解，实在理解不了的，也没有办法。而老师也会拿出某位学生的错题集，抽出其中几道题请学生到黑板上解答。解答错了，老师则要求他的学习小组组长对他解答错的题进行讲解，而他理解了这道题还不行，学习小组组长或老师会将他理解的这道题进行变动，继续让他解答，争取让他做到举一反三，完全理解。老师还要实行周周清，对每周学习的重点进行小考，总结出学生们容易出错的地方，进行多次讲解，对学生也进行多次抽查考试。如此的教学方式，学生们的成绩自然提升不少。张竹起初感到痛苦，觉得太严，甚至有转学的打算，当他看到自己成绩提升时，他转学的念头就打消了。而他进入黄花镇高小学习，也正是小龙老师推荐他去的，他的学费也是张顺发向小龙老师借的。不仅如此，小龙老师还向学校校长说情，免除了张竹的学杂费。

　　这一年中，他每个周日下午都能在学校附近的书摊上看看小说和连环画，他的精神生活远比在七里村学校丰富得多，他在七里村学校所看到的课外读物除了学校发的之外，顶多是借别人的看。到了镇上就不一样了，一个书摊上的书起码有一二百册，让他眼花缭乱。他没钱买书，就在书摊上看到快要上课才进学校，卖书的老板也不管，顾客爱看到什么时候就看到什么时候，直到收摊为止。鬼故事、武侠小说、严肃文学他都翻看，不过他最喜欢的还是《一千零一夜》和《格列佛游记》。

　　而初中的生活使他视野更加开阔，语文、政治、历史都成了他喜爱的科目。班上那些漂漂亮亮的女同学,对正在青春期的张竹颇有吸引力。虽说如此,他却极少和班上的女同学打交道。这其中的原因来自他内心的自卑,他穿的衣服、鞋子都足以证明他是贫困家庭的孩子。他的相貌没什么特别,又黑又瘦。他的学习成绩也只在中下等,以前的科目主要是语文和数学,如今七门功课,他的成绩就没有之前那么好了。造成他自卑,甚至寡言少语的原因还不止这些,他没有母爱,也不知道什么叫母爱。他有个母亲,却是痴傻;有个父亲,却一把年纪,没有一点知识,也不能给他在成长的道路上做出正确的引导。

他和父亲的身子一样虚弱,从出生到现在吃的药、打的吊瓶足可堆满一间屋子。他小学五、六年级和初中吃住在校,身子就更加虚弱,发病的频率也比往常高。医药费和学费使他的家庭更加困难,压得他喘不过气。国家虽有贫困生补助,可以免除学费和杂费,但对于张竹这样的家庭来说,是改变不了状况的,他的同学也极少看到他欢笑和参加活动。

时光匆匆,转眼张竹已上初二,已十五岁了。他经常为学校一些费用和父亲的医药费而闷闷不乐,无心学习。上个月,他去五官科看鼻子,医生跟他说要动手术,使他郁闷之心更加沉重了。

张竹英语成绩极差,选择题纯凭瞎蒙。周一、周三、周五早自习是英语时间。他本想背几个单词,可刚背四五分钟,自己凳子便被人从后面踹了一脚。接着有人冷声道:

"你烦不烦?真难听!"

"就是,学那个有什么用?"

"知道了。"张竹应了一声,他知道自己再背下去,他们的脚很可能会踹在自己屁股上。

第十章

"这就对了……你再读出声就看着。"张竹后面的李克与王虎冷声道。他们自己不学习，还要影响别人学习。这两个家伙住在街上，经常拉帮结派，家中很有钱，看不惯谁就叫人暗中收拾他。

张竹不理他们，默默记诵。李克、王虎则趴在桌子上发呆，他们在不知不觉中睡着。忽然，他们觉得自己的头被人戳了一下，抬头看时英语老师已站在他们面前。英语老师是位二十五六岁的女子，她怒气冲冲道：

"起来！"

李克、王虎脸红了，立刻站起来，低下头。

"你们在干什么？"

李克、王虎不语。

"放着大好时光你们不学习，来学校就是为了睡觉吗？"英语老师厉声道。

"不是！"

"我知道各人能力不同，别人一节课学十个单词，你们一节课学两个单词也可以。上课睡觉算怎么一回事？"任何老师都无法容忍自己的学生在上课时间睡觉。

李克、王虎不语，沉默有时候也是一件厉害的武器。

"你们坐下吧，不要让我再看到你们上课时间睡觉，下次不客气。"英语老师说完，上讲台走去。

李克、王虎立刻坐下去，一秒也不愿多站，暗自埋怨老师几句，又嘿嘿一笑，当什么事也没发生。

"大家静一静。"英语老师在讲台上说。

读书声停了下来，一双双眼睛盯着英语老师，期盼她能带来惊喜的消息。

"希望大家不要在上课时间睡觉、发呆，你们知道的，英语是一门重要的课程，分数占了很大比例。如果你们偏科的话，对你们升学是有害无利的，学习是给自己学，不是给老师学。大家继续背诵吧，如果发现不认真学习的学生，我是要惩罚的。"英语老师说完，继续在教室内巡查，哪些学生有疑问便会帮他们解决。她知道，十四五岁的孩子能自觉学习的不多，她作为老师，为了孩子们，也不得不施加压力。

英语老师在教室发现一件在其他班级发生过的事情，就是"情书"，她发现写情书的学生正是经常喜欢上课睡觉，不认真听讲的学生。他们用一些喷了香水的彩色信纸写上工整的字体，而且配有英语，听说是请英语尖子生帮的忙。他们正小心翼翼替写情书者传递情书，被英语老师抓个正着。英语老师见了，哭笑不得，大声道：

"从哪里传来，给我送回哪里去！你们才十四五岁，懂什么？自己不好好学习，不要妨碍别人学习。"

学生们交头接耳，议论纷纷。

有的学生还在议论，有的继续背诵短文、单词。英语老师将那些"问题学生"找来谈话，他们表面答应老师好好学习，暗中该怎么样还怎么样。

2

上次张竹去五官科检查鼻子，医生说是鼻甲肥大。张竹不想动手术，张顺发见他总是鼻塞，鼻涕多，百般劝说后张竹才同意手术。这次手术他住了七天院，花了一千多元，合作医疗报销了几百元。本来他们卖了点秋庄稼，手里有两千多元，可张竹手术不久后，张顺发的结石病又复发，疼得他急忙到市医院治疗，医院告诉他结石长得大，建议他最近碎石。他没有选择，又疼得厉害，只得拿了钱去医院碎石。

医院一去，他们手里的钱又没了。后来张顺发身体好些，就跟着工头到工地干活，他不会拿瓦刀，只有给人家搬砖头、拎石灰、和水泥、拉沙，所干之活既肮脏又劳累。他岁数大，身体不灵便，在搬砖头时不小心踩到了带钉子的木板，扎到了脚心。他忍疼干活，动作缓慢，但还是遭到了工头的辱骂。恰巧人家今日结顶，从楼上撒了不少糖，他一拐一拐的才捡到三四块，又得到人家发的两盒香烟，心中颇为高兴。周五儿子从学校回来，他就将糖掏给儿子吃。张竹不知道糖从哪里来的，就问道：

"爸爸，你买的？"

"不是，人家结顶，撒了糖，我捡的。"

"你脚都被扎了还去干活？"张竹见爸爸脚受伤，不高兴。

"不是没事吗！"

"你歇歇不行？"

"这两天不去。"张顺发见儿子关心自己，笑了。

"以后也别去。"

"不干哪行？你还要有房子，还要成家立业呀！"

"以后再说吧！"

"早说晚不说。"

"没钱怎么说？"

"那以后再说。"

日落西山藏火镜，月出东海现冰轮。眼见天黑，还不见李氏放羊回来。张顺发要到厨房做饭，张竹问道：

"我妈妈呢？"

"放羊还没回来呢！"

忽然有人来喊张顺发，张顺发出门去看，却是老秋。老秋急匆匆地过来，道：

"顺发哥，快走呀，你家老母羊出事了。"

"怎么了？"张顺发一惊，以为羊又中毒了。

"不是！"

"那咋了？"

"你自己去看！"

老秋带着张顺发去村头，张竹也跟去，只见他家老母羊卧在桥上一动不动，羊屁股上都是血。张顺发围着他家老母羊转了一圈，才发现他家老母羊的后腿被人砍掉一条。老秋从其他地方回来，经过村头的桥时见李氏和老母羊在桥头不走，后来发现老母羊缺条腿，才来通知张顺发。张顺发大惊，自语道：

"天呢！这是咋了？"

"咋了？还不是被人砍的！"

"哪个王八蛋干的？"张竹骂道，他见老母羊后腿被人砍掉一条，既心疼又气愤。

"中了，赶紧请兽医来。"老秋说完就回家去了，其他事交给张顺发处理就可以。

张顺发让张竹在这看守，他自己回家拿了手电骑上自行车去七里村请兽医过来，兽医骑着摩托车来了，见他家老母羊瞪着眼睛，只有出的气，没有进的气，摇头道：

"没必要治了，失血太多！"

"没救了？"张顺发拿起手电在他家老母羊脸上照了照，已

第十章

经快断气了。

"是啊,谁砍的?"兽医好奇地问。

"不用问了,准时俺们那憨东西放羊时羊吃了人家麦苗,被人家砍断了腿。"

"人家没砍你家哑巴就行,俺那有家猪没圈起来,去偷人家红薯吃,被人家砍死了。这老母羊怀孕俩月了,可惜没法治。"张顺发是葫芦村出名的穷光蛋,兽医知道他家情况。

"没法治你就拿去吧!白让你跑一趟。"张顺发很气愤,李氏没在这儿,已经回家了,七里村的兽医不仅给牲口看病,还有收买牲口的业务。张顺发见自家老母羊不行了,就打算卖给他。

"白跑啥!只是这羊快死了,要便宜点。"

"你说多少就多少!"老母羊快死了,他也不想多说什么。

"二百块钱!这价没少给,你不卖给我,还得亲自驮街上卖,现在黑灯瞎火的也不方便。"兽医见张顺发家可怜,也没少给他钱。若是张顺发自己去卖死羊,能卖一百八十元已经不错了。

"中中中!"张顺发答应着,他也知道兽医没少给他钱。

"中吧,我也回去了。"

兽医掏了二百元给张顺发,老母羊已死,他提着它三条腿将它搭在摩托车后座上,骑着回家去了。张竹与父亲闷闷不乐地回了家,打心底对砍掉羊腿的人痛恨,却不知是谁干的。

3

疾病的折磨,家境的贫寒,父亲的医药费,自己的医药费,上学的费用像魔鬼一样缠着他。一切费用,都要从几亩田地的收入中支出,虽然张顺发业余还要去工地,李氏还要放羊,张竹星期天还要捕鱼赚钱，但他们往往是入不敷出。等张竹上初三放假就更少了，所需的资料费比以前更多。张竹不能帮体弱多病的父亲干农活，也不能赚取零花钱来填补自己的生活费，所有费用都从张顺发身上榨取。凡此种种，使张顺发身体更加劳累，更加虚弱，病魔借机侵袭他，将他仅有的那点积蓄毫不留情地卷走。

初二上半学期，张竹就写一些诗歌和文章投到报社，他现在不喜欢学习、说话，只喜欢阅读文学作品，连回家遇到村上的长辈也懒得打招呼，他慢慢变得冷漠、易怒、不善言辞。这次期中考试，他考的成绩很差，除语文、政治、历史及格外，其他都是三十多分。张顺发知道了，将他臭骂一顿，他心中有气，要出门溜达，正好母亲在他面前慢腾腾地晃来晃去，似看什么，又似没看什么。她眼中一点神情也没有，就这样傻傻地在张竹面前晃着。因为挡住张竹的去路，张竹顺手将母亲一推，冷声道：

"闪开！"

不想，李氏却摔倒在地，闭着眼，咬着牙，一脸痛苦。张竹见状，急忙过去扶母亲，可他母亲怎么也扶不起来。他慌了，心怦怦跳个不停，仓促地叫道：

"爸……爸！爸爸！快出来看看。"

"怎么了？"张顺发也在气头上，从堂屋出来问。

"妈妈站不起来了！"

"怎么会站不起来？"

"我刚才推了她一下就……"

张顺发慢慢将李氏扶起来，才看到一块拳头大小的断砖垫在李氏大腿下面。李氏呜呜叫着，泪水从眼眶流到地上，沾了许多灰尘。

第十章

张顺发试着扶了几次，李氏都没站起来。她刚站起来，又疼得倒在地上。张顺发将李氏抱到床上，满脸无奈道：

"怎么办？怎么办？你妈站不起来了！你做孽呀！我该怎么说你？我们有钱看病吗？就算我打她，也是有点子的。"

张竹面如死灰，张顺发接着道：

"她可是你妈呀！你上学去了，我还要给她倒粪桶，还要给她送饭，还要干农活。如果我病了、死了，你怎么办？你没有外婆，没有舅，也没几家亲戚，谁愿意借你钱呀？"

张竹成了千古罪人，他低着头想了很多……

李氏的腿伤没有得到治疗，他们也没有到医院给李氏做X光检查，也不知道她的腿究竟摔到什么程度，需不需要动手术。他们脑子一片空白，在心底以为她腿断了，认为动手术需要一笔他们想也不敢想的天文数字，甚至觉得像李氏这样的傻瓜真的动了手术未必是件好事，手术时和手术后需要注意的事项对于李氏来说她完全没法注意。以前李氏生病时，医生给她开的药，张顺发比划着让她将药丸塞进嘴里喝口水咽下去。可李氏却将药丸塞进嘴里像嚼口香糖一样傻傻地嚼，连水也不喝，嚼得白色药汁顺着她嘴唇流，苦得她将药吐了，张顺发很生气，但又给她一包药让她吃，她还是像嚼口香糖一样将药丸塞进嘴里嚼。张顺发无奈，将装在瓶子里的温水强行给她灌下去，将药冲进她肚子。这样一连几次，李氏的病才渐渐好了。

张顺发恨李氏的主要原因不是她做了很多错事，而是她不能自理，不能让自己丢下她在外挣钱来摆脱这个贫困家庭。而没给李氏看腿伤的真正原因是他们不仅没钱，还有债务。他真不知道这钱该向谁借，也不知道究竟需要多少钱。平时他借一百元都很难,何况是动手术住院的费用。张顺发想过问老秋借几千块钱,可老秋最近两年种菜赔本了,手里也没什么钱,这让他无计可施,一筹莫展。自从十几年前他把她娶回家时,他就发现李氏有干呕的毛病。而这些年他又发现李氏的饭量越来越小,连儿子吃的一半都没有,走路也是摇摇晃晃,有时走着走着自己摔个跟头,爬了半天才爬起来,就像没骨头一样。这让张顺发觉得她距离生命的尽头不远了,没必要让李氏在手术台上挨一刀,她那虚弱的身子也未必禁得住。祸是张竹惹的,他倒想让父亲给母亲看腿伤,但他知道家里没钱,又在农忙,又怕父亲责骂,就一直沉默着,内疚着。

李氏摔伤当天,疼得一天都咬着牙。后来她不咬牙了,但下床去厕所却要扶着墙走,后来拿个椅子也能慢慢移动,只是不能和先前一般利索了。现在她每天都像雪地的猴子一样蜷缩在床上,有时张顺发将饭菜端在她床头,她吃了,就慢慢坐起来,有时不吃。她渐渐瘦了,也懒得下床去厕所,每天大小便就排在床边粪桶里。他们的屋子渐渐臭了,别人进去一次,再不愿进第二次,村子人开始讨厌他们。有人见李氏不经常出门,就问张顺发:

"你家哑巴呢?"

"屋里睡着!"张顺发叹气道。

"冬天也不出来晒晒太阳?"

"晒太阳!晒太阳!她只怕晒不了几次太阳啦!"张顺发青着脸道。

"怎么了?她不愿意出门?"

"嘿嘿!听别人说你家孩子把你们哑巴给害残废了?""别人"这两个字永远是人类遮掩丑陋的化妆品。

"不错,这是他一生犯下的最大的一次错误。"张顺发毫不掩饰地说。

"那可是他亲妈呀……"

"不错,没有几个人会故意将亲妈给害残疾。"

"不一定!"

"他不是故意的,但始终是他的错!"张顺发没有将详情告诉他人,不然他们在茶余饭后便有了谈资。社会是人类最好的大学,经历的事情多了,总能总结出经典的语言。

"像你妻子现在这样,早死了倒不去受这份罪!"有人冷笑。

"她只要有一口气在,我就得养她。哪天我死了,就不需要了!"张顺发无奈地说。

还是有人冷笑。

"她死不死老天爷说了算,我没有权利剥夺她的生命。"张顺发说。

"你只有权利闻她身上的臭味,让她这个废人给你拖死。"

张顺发对他们说的话不放在心上,他也无暇顾及这些。他的经济收入除了给自己看病,给儿子上学之外,几乎用不到别的地方。李氏断腿之后,张竹更加无心学习,成绩下滑到倒数几名,他自己也经常受着良心的谴责。

4

这几天,黄花镇那些十五六岁的初中生都在派出所为自己办理身份证,张竹也去办了。一个人有了身份证才能在中国走南闯北,才敢外出打工。他在班上是倒数第几,自认为自己考重点高中无望,想初中毕业后去北、上、广、深闯一闯。他听老师说没有知识与一技之长在外找工很难,就萌生了学技术的念头。后来,他听说上职业学校需要的费用比他上初中要高出几倍,就望而却步,不敢想了。

他自己想学技术,又不知道适合学什么。十六岁的他也到了人生的转折点,该选择何去何从。别人的建议是让他学电脑、电焊、模具、家电维修,从没考虑过他适合学什么,更多的是建议他去广东打工,挣点钱将现在的土坯屋拆掉,盖成楼房,再找个女朋友成家。张顺发曾想过让儿子跟一个修车师傅学修车,但他又不认识修车的,他认识的人也没有认识的,就不想这事。

张竹喜欢看一些名人传记,知道许多名人都是家境贫寒,小学没毕业,但通过自己后期努力都成功了。他觉得一个人上不上大学没有关系,但必须学习,通过学习来适应社会,掌握技能。想到这里,他就认为自己以后不仅可以打工挣钱,还可以抽空学习。但他却不知在日后打工的道路上还有多少艰难困苦需要他克服,等他真正摸清自己方向,再去拼搏时就不知道何年何月。那些在外拼搏十年、二十年,而依然原地踏步,依然是个小小普工的人比比皆是。梦想的丰满与现实的骨感他还没有体会到,而他日后人生态度是安于平淡,还是不断进取?他自己也不知道。

现在是初三下学期,他也不多想,也没心情像其他尖子生一样进行最后冲刺,该看课外读物时还看课外读物。

星期二下午第四节课是九九班的体育课,体育老师有事,这节课就成了自由课。学生们可以在操场打球、跳绳,可以在教室自习,只是不能影响其他班级学习。于是,一部分在操场玩,一部分在教室看书,还有在教室下棋的。因为后边宽敞,下棋的学生总是喜欢围到后边来。张竹座位在后边,正在看鲁迅的《朝花

第十章

夕拾》，他的位置方便同学们下棋，同学们和他商量后，让他换个地方，张竹就挪到其他位置。

不一会儿工夫，便听一个学生笑道：

"张竹，这是你写的诗吗？"

张竹见一位同学拿着自己作业本微笑，点头道：

"是啊，乱写的。"

不少同学都知道他写诗，他也不在乎多一个人知道。于是，那位同学便念道：

《收边疆》

西北大漠多宝藏，

阿古潜入把地抢。

保新护蒙卫京师，

新疆杀出左宗棠。

那位同学念完，哈哈笑起来，又问：

"这真是你写的吗？"

其他几位同学听了，围过来笑着看着。

"是啊。"张竹回答。

"写得好啊。"

"成李白了！"

"才华横溢！"

"语文老师来了，让她看看。"

"别丢我人了！"张竹听了，拿回作业本。

张竹自认为这是一首古体诗，可他却不知道古体诗押韵有平仄之分。至于新韵和平水韵，他更是闻所未闻。别人问他写的是什么意思，他自己也答不出来，而他这首只能称作顺口溜。

"看看怕什么？写得不错呢！"同学们笑道，这种笑绝非讥笑，而是羡慕的笑，惊讶的笑，只是张竹自己不觉得罢了。

"乱写的，没啥好看。"张竹有些不好意思。

"怕什么？拿来看看！写得挺有意思。"几位同学笑道，他们已无心下棋，觉得找到了比下棋更开心的事。

"就是！"

"你不够意思！"

"有什么好怕？"

张竹禁不住他们言语之激，将作业本递给他们，他们又念起张竹的诗来：

《狗》

龇牙咧嘴卧门口，

眼睛睁着似蚕豆。

不咬华丽服饰人，

专啃乞丐小腿肉。

《菊》

小楼阳台几平方，

几盆秋菊几缕香。

莫道诗人雅兴好，

蜂儿已睡花中央。

他那些同学念完，都笑了，一个个赞不绝口，争着来看。下课的钟声敲响了，学生们从书桌兜里拿出碗筷，将碗底敲得当当响，向食堂而去。

食堂窗口排满了学生，每天都有老师监督学生，禁止插队。学生们买完饭就在饭堂周围寻个地方吃，有站着的，有坐着的，也

有三五个围在一起吹牛说笑的。黄花镇初级中学条件还差,没有在食堂大厅设立桌椅板凳,学生们就将饭碗放在地上或乒乓球台上吃。下了雨,所有学生都挤在食堂大厅,将食堂围得像菜市场一样。他们吃出了苍蝇,将剩余饭菜泼在食堂大厅墙角或人行道上,以此对不卫生的饭菜提出抗议。食堂服务员和厨子见了,气得脸红脖子粗,却不说一句话。

只听"砰"的一声,一个十三四岁的男生将一块黄黄的,满是碱疙瘩的馒头摔在了地上,骂道:

"什么东西,馒头掰开一闻都是臭的,吃得我鼻子像喷火一样!"

接着他飞起一脚,将摔在地上的馒头像踢球一样踢飞了。

"副校长来了,副校长来了。"

"哈哈,馒头砸校长头上了。"

"那谁啊?不想混了?"

不远处几个学生笑着说着。

"给我站住!怎么了?把你学生证拿来!"穿一身西装的副校长摸了摸被飞来馒头砸到的额头,指着摔馒头男生喝道。

男生见副校长来了,脸色大变,想逃又无处可逃,摘下胸前学生证递了过去。副校长一把抓过学生证,瞪眼道:

"吃完饭,到校长办公室去一下,听懂没有?"

"懂了!"

副校长这才拿着学生证去了,临走前扫了周围学生一眼。那男生红着脸,半天不吭声,周围学生不住地笑。张竹见了,微微叹气。吃完饭,学生都回教室自习。九九班不少学生都在议论此事,谁都希望学校能将食堂卫生提高一些。

教学楼前电线杆上的喇叭响了起来,只听上面喊道:

"扣分通知!扣分通知!八三班李大明因乱丢馒头,极其不文明,扣除二分!写检讨书一千字,请各位学生引以为戒,珍惜粮食。"

喊"扣分通知"的正是被馒头砸了的副校长,通知完毕,学生们对这司空见惯的扣分只是淡淡一笑,继续自习。

5

离中考已经不远了,每个毕业班大黑板旁边的小黑板上都写着"距离中考还有40天"。而剩余的时间每天由班长改动,这些字写得很大,占用了整个小黑板,而时间就写得更大。在大黑板右角,每天由值日生写一条名言在上面,名言是从最近开始写的。九九班语文老师是位三十四五岁的妇女,她见了大黑板右角的名言,就念道:

"坚持就是胜利!"

她念完笑了起来,眼神中有着说不出的忧伤。学生们望着她,不说话,她此时在学生眼中似乎变得伟大起来,往日喜欢捣乱的学生,现在坐得端端正正,认真听讲。她接着道:

"话虽然简单,做起来是不容易的。我们师生能聚在一起,也不容易,也是一种缘分。希望大家珍惜每一天时光,我们能在一起的日子也不多了。"

她说完叹口气,学生们也忧伤起来。

"四十天过后,一部分同学就会分散在天南海北,所以珍惜你们之间的友谊。"

她没说完,班主任高老师在教室外向语文老师点点头,示意

有事宣布。语文老师让出讲台，由班主任高老师宣布事情。高老师是一位三十二三岁，戴着眼镜的男老师，他教数学，进来笑道：

"耽误你们语文课一些时间，希望你们不要见怪。学校请照相馆给我们照毕业合影来了！"

"哇！"

"太好了！"

"嘻嘻！"

老师和同学们听了高兴，张竹也很高兴。

"大家静一静。"

学生们立刻安静下来。

"听我说，毕业照是七寸的，需要上交五元钱。想要的话，请到班长那里登记，不要也可以。不过，我建议大家人手一张，毕业留影是很有意义的。"高老师诚恳地说。

"我要！"

"我也要！"

"俺也要！"

学生们欢呼起来。

"五元钱不算难事！再逮点虾卖就是。"张竹想。

"什么时候开始？"语文老师问。

"一会儿就开始，女生在前，男生在后。男生要搬凳子出去，前面女生要蹲下来，后面男生要站凳子上，所有老师都要去。"他最后一句说得分外响亮，像司令官下的命令，让人不敢违背。

"大家不要乱，现在就出去排队！"

高老师说完，学生们鱼贯而列地出了教室，齐齐整整地排在教学楼前。男生搬了凳子，以备所用。其他班级正在拍摄，九九班正在等候,他们留影的背景正是身后的教学楼。

毕业照很快拍完了,学生们相继进入教室。语文老师建议同学之间留个联系方式,以便日后可以相聚。第二个星期毕业照就发了下来,张竹交了钱,取了毕业照。有心的学生在背面画好表格,按相应位置,找相对应的同学签名,以作留念。张竹也将毕业照细心收藏起来,只是没找同学在背面签名。

又是一个星期,周一中午学生们刚刚吃完饭,九九班语文老师就在教室微微笑着,学生们奇怪而又高兴地看着她,却不知她有什么好消息要宣布。只见她手里拿着一张红色宣传单,在寻找某位学生的影子,她似乎没找到,笑问:

"同学们没到齐吗?"

"没有!"

"不管了,我宣布一件喜事!"

"什么喜事?"学生们瞪大眼问。

"是喜报,咱们班张竹同学的一篇文章刊登在市里一家报刊上了。"

"哇!"

"太厉害了。"

"文章叫什么名字?"

"《难忘的一夜》。"

随着欢呼声,在座学生都将目光投向最后一排张竹的座位上,但张竹并没在这里。

"他人呢?"语文老师笑问。

"不知道。"有的学生摇头。

"谁见他了?"语文老师皱眉问。

"没见！"

"他今天没上课吗？"

"没。"班长说。

"是不是请假了？"

"没听说。"班长回答。

"等学生齐了再问吧。"

这时，几位男生从后门进了教室，他们刚吃完饭，因为没到上课时间，进教室可以不喊一声"报告"。他们在后排坐下，对老师这么早来到教室，并不奇怪。临近中考，老师和学生一样，将时间看得比金子还重。前排学生见他们进来，问道：

"张竹同学呢？"

"没来。"

"他去哪里了？"

"可能请假了。"

"怎么回事？"

"不知道！"

"我知道，他不上了。"张竹同桌回答。

"什么？他不上了？"语文老师有些惊讶。

"他说他考不上高中，已经算初中毕业，就不来上学了。"

"还有其他原因吗？"语文老师关心地问。

"他家穷，父亲有肾结石，经常上医院，他交不起钱就不来了。学校发的学习资料还是新的，他全留在这儿了。"张竹同桌指着张竹留在桌子上的几本新资料说。

"其他东西呢？"语文老师黯然了，轻声问。

"都拿回家了，我看他没事还写古诗呢，写得不错。"

"是啊，是啊。"

"我也见了，写得真不错。"其他学生说。

看过张竹诗的学生不免伤感起来，张竹平时不喜欢说话，但在他们心中为人还是不错的。

"你们找他干吗？"张竹同桌问。

"他写的一篇文章被市里一家报社刊登了。"

"真的吗？他投了很多稿子。"

"请老师拿来让我们看一看。"后排几位学生惊讶地说。

"别的老师拿去看了，他家是哪里的？"语文老师问。

"葫芦村，和体育老师小龙是一个村，老师想问就问他吧。"张竹同桌回答。

"唉，你们抓紧学习吧。"语文老师叹口气，从后门出去。

6

回到家后，张竹不是帮父亲下地干活，就是在河上捉虾卖钱。学校那些杂七杂八的资料费和中招考试需要住宾馆的费用使张竹感到无能为力，他对自己离开学校这个决定并不感到欠妥。何况村里那些比他家庭好的，多半的原因不是家里不愿意供他们读书，而是他们自己实在读不下去。家庭好的，让子女去职业学校学技术。学成的，有个好工作。没学成的，都是在学校瞎玩瞎闹。家庭差的，和张竹一样，等着外出打工。

张竹以为这些日子可以靠捕捉鱼虾赚取一些去广东的车费和生活费，没想到葫芦村那条河又被人下了药，整条河都漂浮着死鱼死虾，恶臭满天。他不甘心，将渔网装上车子，一到傍晚就和父亲拉着车子去较远的地方捕捉鱼虾。在农村，只要能赚钱，无

论是捕捉鱼虾、青蛙、鸟类，都有人干。有时他们将车子拉十几里远去下网，恰巧被别人占了先，不得不拉着网唉声叹气空手而归。更倒霉的是，他们跑老远去下网，还有人趁着他们晚上熟睡之时，悄悄偷走他们下在河中的渔网，令他们一个晚上所收获的鱼虾钱还不够买回他们被偷的渔网。

经过他们一个多月的努力，卖鱼虾的四五百元和卖小麦的两千多元，终于令张竹安下心来。但好景不长，张顺发的肾结石在医院碎过两次，还有一部分不能排出体外。加之他年老体衰，又干重活，没有排出体外的碎石在他肾脏作怪，久而久之导致他肾里有了积水，使他肾脏慢慢衰竭坏死，让他动不动都要到医院打几天吊瓶，开几天药吃。他们的血汗钱，就又被病魔毫不留情地洗劫一空。

一天，张竹趁赶集卖鱼虾时，去高老师那里取了初中毕业证。高老师住在黄花镇，他与高老师谈了许多。对于张竹辍学，高老师能够料到，他不怪张竹，既然张竹没有心思和条件再读下去，又何必再浪费钱财呢？何况，以张竹现在的家庭，也承受不了再大一点压力。张竹还在高老师家中，高老师问道：

"你下一步准备怎么办？"

"去广东打工。"

"一个人去吗？"

"和村里人一起。"

"也好，不过初入社会，还是注意些。毕业证记得带上，万一进厂人家要起来，也方便些。"

"谢谢老师提醒。"张竹看着手中红色毕业证说。

"客气什么……"高老师只是一笑。

"我本来想上职业学校,虽然国家有贫困生补助,可家中还是供不起。"张竹叹道。

"那就算了,社会也是一所大学,只要你争气,不一定比那些大学生混得差!"高老师鼓励张竹。

"或许吧……"张竹回答。

"要想比别人强,就必须学习,比别人能受苦,这仅仅是一点。学好一定的知识和技能固然重要,但也要把握机遇,机遇来了,你没条件也不行。我虽然没去过广东,但还是比你知道的多一点。你初去那里,一定要注意,不要被骗。记住家里电话与当地派出所联系方式,保护好自己是很重要的。再者,你在那里熟了,觉得哪个行业有前途,适合自己,就往哪个行业发展。将来有个手艺,不仅轻松,工资也高,这些都靠你慢慢摸索。"

"谢谢高老师,这是你给我上的最后一课。"张竹感激地说,别人甚至父亲也从来没有和他说过如此让他激动的话。

"不要客气,我家就在这儿,以后你从广东回来,尽可以到我这里坐坐,大家聊聊天,喝杯茶也是可以的。我教过的学生,无论学习好与坏,只要他们心肠好,有志气,我都看好。前段时间,语文老师还问我有没有见到你,说要把稿费给你,我让她给小龙老师了,不知你收到没有?"

"收到了,很感谢她。"

"语文老师说你这方面很有潜力,还特意让全班同学给你鼓了一次掌。"

"这……"张竹笑了,脸也红了。

"虽然我教数学,但文学方面还是有所了解。"

"请高老师指点。"

"文学不是三五年的事，想靠它赚钱很难，暂时作为爱好是可以的。在我看来，你的主要任务还是成家立业，你的家庭和其他家庭不同，由不得你胡来。"

"我也该回去了，谢谢高老师，我会牢记的。"张竹见时间不早，要回去。

"不客气，有空就来坐坐。"师生两人笑了，张竹往外走，高老师送他出去。

第十一章

1

李氏床头放着碗筷,她吃剩的饭菜被老鼠偷偷趴去吃了。有些老鼠还因争夺李氏饭碗的饭菜而大打出手,它们有时两只抱在一起咬着,有时三只抱在一起咬着,还因此将李氏的碗筷撞倒在地,碗筷落地之声吓得那些老鼠叽叽哇哇,慌慌张张从李氏脸上、脖子、胸口踩过去。睡梦中的李氏惊醒过来,吓得她挥舞着双手呜呜大叫。

张顺发有时将她抱到外面晒晒太阳,让她透透气,有时也懒得理她,他实在受不了李氏身上那让人窒息的臭味。而李氏见到阳光,却抓着自己乱蓬蓬的头发嘿嘿笑两声,她已不觉断腿之疼,偶尔还能走几步。

前两天,张竹同父亲去集市上买了新衣服,准备同村子的张鹏去汕头打工。张鹏二十五岁,已经结婚,在汕头打了七八年工。他知道张顺发家可怜,向张顺发建议张竹来汕头打工。张顺发听他说那边老乡多,又有同村人在,可以彼此照应,也就同意了,张

竹自己也没意见。

张顺发眼见儿子要远赴他乡,虽心中空荡荡的,却看到了希望,他知道儿子已经长大,该到这个世界闯一闯。临行前,张竹看了母亲一眼,想了很多很多。张顺发煮了一些咸鸡蛋让张竹带上,只说路上饿了吃,又送他和张鹏到汽车站,只等发车才回家。

来到汕头这个著名的华侨之乡,张竹进了一家塑胶厂,这里的一切对他来说都是陌生的。他普通话不标准,幸而厂里有不少老乡,没给他带来太多不便与麻烦。在厂里,他跟张鹏学会了操作机器,学会了安全生产,学会了适应环境。三个月之后,他向家中寄了两千元。张竹很高兴,每隔半个月就向邻居打电话,邻居知道他要和父亲说话,就喊张顺发过来。当张竹问及母亲时,张顺发只说老样子,又嘱咐他不要担心家里,注意安全,好好上班。

这家塑胶厂以生产玩具外壳为主,车间一排排的注塑机昼夜不停地工作着,开模关模的声音,让初来乍到的人觉得烦躁不安。里面的机器黑漆漆的,也不知用了多少年。有些老板舍不得钱,购买一些破旧机器,懂行的人知道旧机器不安全,多数不愿操作,就寻找新机器多的厂子进。

一天上午,张竹正在生产,忽然听到一个男孩子的惨叫之声,他急忙向惨叫声望去。随之,管理人员和几个不相干的人都围了过去。但张竹并不知道发生了什么事,等几个人架着一个男孩子出来,才有人说他的右手被模具压断了。

张竹听说那男孩子刚刚初中毕业,来了不久,和自己年龄相仿。他姨妈是厂里的老板娘,身份证还没办下来就被亲戚带到广东打工。这家塑胶厂不大,没什么严格纪律,虽自由但工资低。张竹见那男孩子手被压得像纸一样,鲜血淋漓,有些怕了。等救护

车将男孩子拉走,有位中年妇女捂着胸口,惊恐道:

"妈呀!吓死我了。"

"小孩子完了,以后结婚都麻烦。"张竹一位同事说。

"太惨了!看到他那手,连饭都吃不下。"另外一人摇着头,脸色苍白地说。

中午,同事们比往日吃得少一些。整个工厂显得阴暗恐怖,谁都不知道这些黑漆漆的注塑机下次会吞掉谁的手,同事们的心动荡起来,为工厂的安全问题感到忧心忡忡。

不少人到那出事的机器旁看了看,上面保险杠毫无作用,大家交头接耳,纷纷议论起来。其中一位同事道:

"他就是小孩子,上班不认真,站没站相,坐没坐相。一边和别人说话,一边操作机器,有时还一边看报纸,真不知怪谁好!"

"他上班确实不认真,老板要给他治疗是怎么也跑不掉的。话说回来,如果不是保险杆没有作用,小孩子也能逃过这一劫。"

"也不知他碰到了哪个开关,监控录像肯定能查。"

"不关我们事,早让老板维修机器,他总是推来推去,只说先将就用!再说机器也够老的,经常失灵。"

大家一番热议后各自忙去,这两天同事们几乎没有上班的劲头。老板娘是个三十来岁、美丽而性感的女人,她给员工们发了两套厂服和一些生活用品,同事们才渐渐恢复原有的工作状态。男孩子断手之事,同事们也渐渐忘了,先前嚷着辞职的员工,也不再提及。

半个月过去,在医院的男孩子回来了,他手腕以下截肢了,上面绕了许多纱布。他先是在宿舍休养,最后忍不住无聊和寂寞就来到生产车间。见到老同事,他只是无可无不可地笑了笑,有的

同事见男孩子回来,窃窃私语道:

"真不知他姨妈要怎么向他父母交待?"

"交待什么,他妈和他爸离婚了!"

"离婚了?男孩子跟谁?"

"跟男方。"

"哪老板娘还请男孩子来她这里做事?"

"这有什么?毕竟是她姐姐的儿子。"

男孩子来到车间,同事们对他工伤赔偿问题像法律高手一样各抒己见,对他以后日子该如何走,更是出谋划策,大谈特谈。有的同事只问他手疼不疼,什么时候复查换药,其他之事一概不提。

2

男孩子断手之事,使张竹感到震惊。他和张鹏都想换工作,至少想换家厂子。张竹想干手工活,张鹏说手工活多以计件算工资,虽有工班的,工资却低。张竹手头慢,又想多拿钱,靠计件拿工资是不行的。无奈之下,他们只得寻找一家安全的大型塑胶玩具加工厂工作。日子久了,张竹就认识一些朋友,通过网络又联系到同城的同学。在节假日,甚至无聊时,他们相约去逛公园和夜市,或者喝喝小酒。

元旦放假两天,张竹、阿望、六皮逛完中山公园回来已天黑,他们觉得不尽兴,又要逛夜市。对于他们来说,吸引他们眼球的还是穿行于夜市间的火辣美女。爱美之心,人皆有之,一方面是欣赏别人,一方面则是打扮自己。

夜市不大,却挤满了地摊贩。一下雨,他们就做不成生意,推着车子回家。道路两旁开门面的,无论刮风下雨,生意照做不误。这些地摊贩多是外地人，以卖廉价衣服、皮包、首饰、化妆品为主，而水果摊、干果摊、切糕摊、烧烤摊、炒粉摊、臭豆腐摊、去火草药摊、影音书画摊、古玩仿品摊、电子产品摊、猫狗宠物摊、卖卜算卦摊、职业乞丐摊、江湖杂技摊是应有尽有。当然，开摩的的也不在少数，他们候在夜市出口，逢人便问要不要搭载。

他们出了夜市，行不多远，张竹就闻到鹅肉的香味，不由自主道：

"你们饿了吗？我们吃饭去！"

他们逛完公园回来，还没吃饭。

"好啊，咱们买点鹅肉喝啤酒吧！"阿望看到卖鹅肉的阿姨，指着她说。

卖鹅肉的阿姨五十多岁，矮矮的个子，苹果形的脸蛋，三角形的眼睛看起来非常精明。她见张竹等人过来，一边揽着桌上零碎鹅肉，一边笑道：

"小弟呀，要不要？不多了，三十元全部给你。"

"不要，太多了！"阿望见她桌上鹅肉有几斤，摇头道。

"二十五要不要？就这么一点点。"阿姨又问。

"好好好，就二十五，多一分都不要。"阿望肚子饿，也不想多说。

"都是赔本卖你！"阿姨一面切块大的鹅肉，一面嘟囔。

吃完鹅肉他们就回去了。

3

六皮与张竹是同事，他虽然是个月光族，却相当大方，时不时喜欢请人喝酒吃饭。张竹一个月一千多元工资，多半邮寄回家，留

第十一章

下的只能维持生活，不能与他相比。他们无聊时就去逛街，商品没人逼你买，看看是完全可以的。

街道上昏黄的路灯像温和的眼睛，端详着过往的行人，为人类在黑夜点起一盏盏心灵和方向之灯。张竹来汕头快半年了，他自己也不知道自己究竟干什么行业才有前途。不过，高老师说的话，他依然铭记于心。但话说得容易，做起来却又那么艰难。

张竹在夜市书摊上买了本高尔基的《童年》，六皮自己买了几斤橘子，又替正在上班的阿望买了一张《三国演义》的碟片。他们在逛完夜市归来途中，一位三十多岁的男子骑着摩托车在张竹和六皮身边停下，问道：

"小弟，要不要手机？便宜卖你。"

张竹知道挣钱不易，也没有乱花钱的习惯，回道：

"不要！"

那男子后面坐着一位妇女，像他妻子，他吃了闭门羹仍不灰心，放慢摩托车速度，跟着张竹和六皮，继续问道：

"诺基亚，要不要？便宜卖你。"

"不要！"张竹坚定地回答，他已经有手机，是二手的。

"什么样子？"六皮好奇地问。

那男子看到了希望，停下摩托车，从口袋掏出一部直板手机道：

"市场价一千六，我算你六百。"

"拿来看看。"

那男子将手机递给六皮，六皮灵巧的手指在键上点来点去，边笑边道："MP4也有，电子书也有，QQ也有，软件也能下载，像素也不错……你把手机号给我，我要打下试试。"

男子给了六皮号码,六皮按号拨过去,和正常手机一样。

"小弟,怎么样?"男子笑问。

"六百太贵!"六皮皱眉道,不由自主地摸摸口袋,但他口袋没有六百元。

"不贵,你上手机店就知道什么叫贵。"

"太贵,买不起!"

"五百行吧?"

"没有!"

"四百!"

"钱不够!"

"有多少?"

"就一百。"

"开玩笑吧?要不你们两个凑一下。"

"你有多少钱?"六皮问张竹,他有心买下这部手机。

"就一百。"

"哎呀!算我倒霉!赔本卖你,天也不早了。"那男子叹气,仿佛自己真的是亏了血本卖这部手机。

"手机给我吧!"六皮借了张竹一百元,一并给了那男子二百元。

"不行,号码卡我要取出来,里面还有五百元话费呢!这地方太明显,咱们在前面那拐角处交易吧!"那男子狡猾地说,说完就开着摩托车到前面拐角处等着,张竹和六皮小跑着跟去,那男子将手机递给六皮道:

"取号码卡时关机了,有个巡警在注意我们,你把手机装起来,我先走了。"

第十一章

他摩托车没熄火，说完"嘟"的一声去了。六皮走到空旷明亮处，拿出他买的手机去按开机键，可按了半天也没开机。

"没电了吗？"张竹奇怪地问。

六皮也认为如此，当他准备打开电池盖时，奇怪的事情发生了：电池盖怎么也打不开，活像一部玩具手机。六皮这才恍然大悟，骂道：

"我们上当了！"

他急忙拿起原有的手机回拨刚才的号码，上面回道：

"您拨打的用户已关机。"

六皮回到宿舍，像死猪一样躺在床上。这次买手机赔了二百元，心中说不出的愤怒。这日下班，张竹准备洗去身上花花绿绿的塑胶颜料，见有人占了洗澡间，随便在厂门外水龙头洗洗脸便出去买饭。他是一个珍惜时间的人，不愿时间在等待中浪费，希望挤点时间看看书，甚至写点诗歌投投稿。

塑胶玩具厂的日子让张竹感到烦躁无味，他们操作机器的上班时间和其他行业上班时间完全不同。白班从早上五点半上到上午十一点半，休息六个钟头后，再从下午五点半上到晚上十一点，夜班则相反。如此的上六个钟，休息六个钟；再上六个钟，再休息六个钟。加之白班、夜班相互颠倒，身体自然慢慢差了，气色也远远不如常人。不光如此，周日还没休息，生意好的话，一个月一天也休息不了。除非自己请假或者没有生意，才有机会休息，偶尔机器出了故障，也可以休息几个小时。

生产过程中，都是自己往注塑机中添加原料。原料染了色粉，难免吸入肺中，张竹操作注塑机快一年了，他在生产中因吸入色粉而导致吐出的痰都是五颜六色的。塑料在加热后产生的气味时不时飘荡在车间，车间虽有排气扇，但员工还能闻到令人恶心呕吐的气味。这些有毒的色粉和气味使张竹越来越讨厌，越来越想离开这里，他觉得待在这种厂里就是慢性自杀。

　　厂里原本是工班，但工人总是偷懒，就在张竹和张鹏进来不久，就变成计件了。有的人见和他操作同一台机器的对班员工生产数量多，在交班时，偷偷将注塑机的温度、速度、流量、注射时间、冷却时间、注射压力、锁模压力进行调试。甚至在原料里添加一些沙子，使交班者在很长一段时间生产不出好产品而影响他的工资。两者之间相互搞鬼，在计件塑胶玩具厂并不少见。有的为了得工班，故意将模具顶针掰断，让车间师傅修理，自己可以清闲一下。凡此种种，让张竹觉得离开这里是正确的选择。他早听说深圳是个创造梦想的城市，于是联系了在深圳的同学，一个月之后去了深圳。而张鹏夫妇在这里多年，不愿离去。张顺发知道儿子要去深圳，也不阻拦，觉得儿子在外闯荡闯荡没有什么坏处，反而能增长见识，磨炼自己。

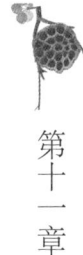

第十一章

第十二章

1

　　深圳是个快节奏的城市，周一早晨，大街小巷都是拥挤的人流。张竹来深圳一个星期了，寄居在朋友家中，上次找工作因为着装土里土气被工厂管理人员安排了一个搬运工作，自己比猴子肥不到哪儿去，干了半天就自行离开了。这次他去应聘，穿着倒是干净整齐，简历也填写得工整，竟被班长安排在流水线和一群十八九岁的女孩子一起工作，因为手头慢，被炒了鱿鱼。

　　也是天无绝人之路，不出两天，他就在罗湖区找到一份保安工作。他一米七五，身材瘦削，面色微黑，眼睛小，眉毛似造物主拿毛笔随意画了一横。家庭的贫寒就不说了，连上帝也要断绝所有女孩子对他一见钟情甚至愿意谈话的可能性。他是个爱沉默的年轻人，但与人交谈起来也能滔滔不绝，不过他觉得这和他的不足比起来还是微不足道。

　　张竹现在已安定下来，在一小区当保安，包吃包住有那么一千多元。他想："既来之，则安之！遇到好的工作再做打算也不迟。"张竹与同事下班后集中在小区食堂用餐,食堂老板是河南人,五十来岁,身材肥胖,面色红润,一双炯炯有神的眼睛总是显得平易近人,和蔼可亲。张竹也喜欢和这种人交流,食堂打的是湘菜牌子,物业也有不少领导在这里用餐。一天,食堂老板和张竹说:

"给你们保安做饭我们什么都没赚,你们每人每月才算三百元,你不知道外面菜有多贵!青菜都三四元一斤,不比老家,这是深圳市区。"

"谁说不是,赚钱难呀!"张竹回说。

张竹与同事等着用餐,迎面一位二十来岁的女子提着一壶水放在桌子上。张竹的同事老刚见那女子身材高,眼睛大,皮肤白,穿着超短裙、黑丝袜、高跟鞋,笑眯眯地看着那女子道:

"哇!今天来个这么漂亮的妹子,你家是哪里的?"

那女子只答是湛江的,便忙去了。后来老刚既向那女子打听手机号,又问人家有没有婚嫁。老刚已四十岁,家中有一儿一女,每期的六合彩总不忘下一注。

"人家是大二的学生呢!放暑假了,她父亲和我是朋友,让她在这里体验一下。"食堂老板怕他们这些保安调戏朋友的女儿,急忙说明和她的关系,也好让他们这些保安看在自己面子上,不敢乱来。

张竹是三班倒,和胖子、老刚同一个班。偶尔下雨,大家都躲在保安室避雨。保安是个无聊行业,进厂做普工有时三天两头没活干,倒真不如做保安工资稳定轻松。虽然保安被认为是培养"懒人"的行业,但你完全可以利用做保安的空闲去学习其他知识,不像在工厂,下班后跟死猪一样躺在床上不想动,欲干其他事就有

第十二章

心无力了。在张竹眼中，胖子是个懒人，小区保安主要是巡逻，可他一上班就一摊烂肉似的歪在保安室椅子上，不是倒头大睡就是拿起他那山寨手机上网聊天。他其中一位同事和他半开玩笑半认真道：

"你也不出去活动活动，再坐几天怕走不动路。"

"管你鸟事！"胖子咬牙瞪了他同事一眼，继续倒头大睡。还好上的是夜班，白班到处是领导，没那么自由潇洒。

结果他同事灰溜溜地走了，因为看不惯胖子的做事态度，将他上班的状况投诉到公司。公司领导在夜班查夜时，正好抓到他睡觉，罚了他二百元。他心中愤怒，就辞职了，临走前还故意将巡逻自行车搞坏发泄。

无论同事们上班与下班，聊的话题总是离不开"赌博"和"泡妞"，而张竹对这些话题既痛恨又讨厌，无论他们说什么，张竹总是一笑而过，从不发表意见。对他而言，他宁愿用吹牛、聊八卦的时间读书听音乐。至于找女朋友，他知道他的家庭暂时容不得他找，他家现在还是土坯屋，要想盖房子，起码还要奋斗五年。虽然张顺发总是劝他在外地谈个女朋友，哪怕当倒插门也行，但他总说身边女性少，没有合适的，为自己不找女朋友找各种理由。

2

张姐三十来岁，是小区岗亭收费员，车主每月交的停车费由她收取上来交给办公室处理。岗亭每天进出车辆络绎不绝。她一会儿给送煤气的开闸，一会儿给送快递的三轮车开闸，一会儿给从不刷卡的领导开闸，一会儿给忘带卡的车主开闸，一会儿又收取停车费。她正准备喝口水，就听进口处有车主按喇叭，车主是

个二十来岁的小伙子,开的是宝马,见张姐有几分姿色,向她眨眨右眼,笑眯眯道:

"美女,我进去一下马上出来!"

"不行!不拿卡不能进!"张姐直截了当地说。

"美女!怕什么!我进去一下就出来。"那小伙子挑逗性地说。

这种人张姐见多了,小到十七八岁的男孩子,大到花甲之年的老爷子。张姐不理他,随手关上岗亭窗户,以示她态度的坚定。那小伙子没办法,只得灰溜溜的拿张临时卡进了小区。

中午,送煤气和下班的多了,张姐给左边开闸之后,又忙着右边的收费。只听左边有人怒道:

"你怎么弄的?看把我车砸的。"

张姐回头见岗亭窗口站着一位中年人,指着自己车灯上方,一脸横肉地问。那人开的是一辆黑色丰田轿车,车灯上方已经被自动道闸的升降杆砸出一个鹌鹑蛋大小的洞。

"这不怨我,是你自己开得太快!"

"可是我刷卡了,车修好也要大几百元吧,你说怎么办?"

"那也轮不到我赔!都是一车一卡,不是你开得太快,也不会砸到!"

"我车开得快了?"车主有点疑惑。

"送煤气的过去时闸还没落下,你就冲上去了。"

"我刷卡了!闸怎么会落?"

"很简单!你刷完卡没有及时走,让一边送煤气的抢占了你那道感应线,等你再走时它正好落了下来。"

"那也怨我?人家让你在这个岗位,就是让你注意这个问题,你说怎么办?"车主很愤怒,眼睛也红了。

第十二章

"我没有三头六臂，你找物业主任去！"

"请你把物业主任找来，我找他理论！"

张姐通知了主任，说明了情况，最后物业和保险公司承担了责任。主任让张姐上班注意，张姐在岗亭上班一年多，知道这里情况，建议道：

"都是三轮车和送煤气的坏的事，人行通道他们不容易过，我看主任还是给三轮车和送煤气的一个专用通道，省的占了人家轿车方便！"

主任点点头走了，张姐要去洗手间，见张竹巡逻过来，请他帮忙顶岗。此时天热，张竹也乐意顶岗，岗亭有空调吹着，远比外面舒服。他所在的小区住有上万人，每天都有人进来摆地摊，做小生意。物业领导嫌小区乱，就让保安将那些摆地摊的、担挑卖菜的老大爷和老太太们赶出小区。这任务就交给了张竹和他的同事，张竹见那些挑担卖菜的不容易，不忍心赶，暗骂小区领导没有同情心。后来小区允许摆摊，要收二十元地摊费，那些挑担卖菜的老大爷和老太太一听，就担着挑子泪眼汪汪地走了。他们小本小利，交了地摊费，还剩什么？

小区南面是工业区，有七八栋厂房和两栋单身公寓，同样是小区物业。这些厂房和公寓已经破旧，因在深圳关内，它的房租比关外高了许多。一部分租户已经搬到其他地方，空出的厂房无人来租。总公司决定将这些旧厂房拆除，改建成住宅区。通知发下来，一部分搬走了，一部分还在寻找房子。一有租户搬家，他们这些保安就要注意了。主任交待保安队长道：

"但凡有租户搬家，先将他们拦下，通知我一声。让他们将水电费清一下，有的租户几个月房租都没交呢！"

保安队长姓郭，都称他郭队，他再将上级的话吩咐下来，让队员们留意。郭队是湖北襄阳人，算是张竹半个老乡，由于都是年轻人，他们处得不错。张姐刚回来，张竹对讲机就响了，是郭队唤他。他应了一声，匆匆忙忙地去了。

主任正站在一栋公寓前指指点点，向郭队吩咐着什么，郭队也时不时点点头，表示明白。张竹到了这里，就明白是为了什么事。这里住了不少收废电器的，公寓前前后后，左左右右，乃至楼梯间都堆满了废弃的电脑、电视、冰箱、洗衣机，将原有空旷的地方，堆得像山一样险峻。郭队前天就和张竹说：

"有收废电器的，一定不要再让他进来。主任说了，废电器堆得到处都是，影响不好。"

张竹一来，主任就板着脸道：

"领导说让你们看着看着，还是有那帮人来卖废电器。"主任一面说，又一面指着那窄窄的通道和路边摆放的废电器道：

"这里还住着人，消防通道堵得死死的，万一起火了，你们谁担得起这个责任？物业请你们来，也不是让你们吃白饭的，给我盯紧点！"主任说完，背着他的挎包晃晃悠悠地去办公室了。

主任去了，郭队叹了口气，想说什么，却又没说。张竹却道：

"郭队，收废电器的都骑电动车，有时走的是人行通道，怎么拦得住？"

"也就那么回事，外面人收的电器，都来这里卖，咱们得找大老板谈谈。"郭队叹气道，显然他平时受了不少气。

"我就纳闷了，主任要想让这些收废电器的搬走，还不是一句话的问题？"张竹疑惑不解地问。

"你不懂，这里面复杂着呢。咱们做保安的只是个替罪羊，不

仅要应付上面的人,还不能得罪租户。"郭队冷笑着,他经历的世故,显然比张竹丰富。

"我知道,老板没在家吗?"其他话,他也不多说,也不知道该说什么。

"去小店买烟了。"

"那个是不是?"张竹指着不远处一位四十来岁,留着光头的男子问郭队。

"是他,我们等着他。这些人都是混的,我们要有分寸。"

张竹点点头,不说话。那老板来了,迎着郭队一笑,拆开一包芙蓉王,抽出两根烟,一根递给郭队,一根递给张竹道:

"怎么了?主任又说什么?"

张竹谢了,摇手说自己不会抽,那老板也不勉强,将烟自己抽了。郭队接过烟,点着噙在嘴里,笑道:

"他能说什么,还不是说你这电器摆得太多,影响不好。"

"影响不好?哼哼,你知道其他那些收废品的都滚蛋了,我为什么还在这里?"那老板冷笑着,有一丝得意,显得自己确实有点本事。

"那还用说嘛!你郑老板也是道上的人,谁敢不给你面子?"收废电器的老板姓郑,郭队才称他郑老板。如今这世道上,不学学拍马屁,日子是不好混的。

"算了吧,话不是那么说。你不知道啊郭队,我儿子有白血病,三年挣的一百多万,几乎花光了,才保住他。现在又要被人赶走了!"郑老板说着,摇摇头,显得一脸无奈。

张竹听了,对郑老板崇拜起来。心想:"人家三年挣一百多万,咱一辈子也挣不来。就算他夸口,他每天收那么多废电器,岂能少赚？"

"家家有本难念的经，主任也是天天找我们麻烦。今天说小区有人投诉我们，明天说小区有人投诉我们。"郭队摇头苦笑，别人以为他当队长舒服，他自己总觉得如坐针毡。

"像我们这些收废电器的，一时半会儿是搬不走的，也难找到合适的地方。你不做这行不懂，你想想，我们在这里经营这么多年，一搬走，那些老客户都没有了，生意也就泡汤了。我一家老小只有喝西北风去。"郑老板说完，又是叹气。

"慢慢来，电器收的多了，清理下就是，省得那主任天天唠叨。咱们在外都不容易。"

"我知道，刚才就在联系卡车，准备出货，将这地方清理下。电器收得太少了，人家也不愿意来，我也没办法。"

"行吧，其他那些收废品的都给轰走了，你还能在这里，也算不错了。"郭队笑道。

"是啊，我也没少给你们主任上香，不然我早滚蛋了。他自己不好意思跟我说，整天让你们缠我。"郑老板摇头说。

"他们这些人就那样，我们这帮狗腿子只是替罪羊。"

"这里始终都要拆，搬走是早晚的事。主任让那电工三天两头停我们这些租户的水电，逼着我们走。这是夏天，离了水电怎么活？"郑老板只管摇头叹气，整个人在这个挣扎的世界里已丧失了男人应有的霸气。

张竹听了，黯然起来。想想自己，想想家里，想想未来，真不知道自己要奋斗到什么时候。

一个月后，厂房和单身公寓的租户都搬离了，搬空的厂房已经开拆。张竹被保安公司调到地王大厦附近的酒店上班，这一带

第十二章

的消费更高，使他觉得压力更大。公司在关外的工业区有上十二个小时的分点，工资比上八个小时的高出几百元，他向公司提出申请，看能不能将自己调到上十二个小时的地方。公司同意了，说下个月正好有人辞职到期，可以调他过去。张竹听了高兴，心想，一个月多拿几百元，一年就多拿几千元！何乐而不为呢？再说，当保安的多是男性，连找女朋友的机会都没有。自己到了关外，在工业区里当保安，遇到女孩子的几率就大点。想想关内，那些女孩子一个个打扮得时尚潮流，自己那点工资，给她们买化妆品都是问题。虽然打扮朴素的女孩也不少，但关内消费实在太大，吃饭、住房都是一大问题，不如到关外趸摸着学个什么技术或者进个待遇高的厂子，没必要在关内吊死。他想到这里，兴奋地打个响指。

3

一天，张竹给父亲打电话时，得知他因结石病去了医院。张竹问父亲怎么样，张顺发只说已经看过了，现在没有什么大问题，他和儿子说：

"咱家已有两万元存款，我打算买些砖头，为盖房子准备。"

"爸爸，你看着办吧，盖房子这事我又不懂。"

"那也好，你去深圳半年了，有没有遇到合适的姑娘？"

张竹有些烦恼，又有些惭愧，对着电话道：

"没有，这些事以后再说吧。你最近身子怎么样？我妈妈呢？"

"爸爸还是老样子，昨天才从医院回来，这个结石病给人害苦了。你也别担心你妈了，她早死早托生，你看看人家十九岁的连孩子都有了，整个村子就剩你没结婚了！你尽量在外面谈一个，家里实在不好办。"

"说说说，你就会说！没钱谁搭理你？就算我现在带个女孩子回家，人家见咱家是土坯屋子还不掉头就走，别说人家不愿意，就连人家的父母也不会愿意，谁会愿意自己的女儿嫁给穷人？你看看广东这些开奔驰、宝马的老板，都儿十岁的人啦，身边还有年轻女孩子围着亲着。"张竹听了爸爸的话很烦躁，就说了这么一大堆话。

"什么宝马？现在还有人骑马？"

"是名车，你也别问了，等盖了房子再说。"

"我一问这事你就来气，我为了谁？还不是为了你将来混个好人家。"

"我知道，女朋友暂时没有没关系，万一你身子不舒服，我怎么办？"张竹难过地说，他知道自己刚才言语过激，有点顶撞父亲，就说这一番话安慰他。

"放你的心，不要总是惦记家里。你邮寄的所有钱，我一分没动，都存着。"张顺发电话里的声音苍老了很多，张竹听着心头一阵阵的酸楚。

"我知道，我不是和你说过，你一个月多花一百、二百元，我都不会说什么，你买点肉吃吃，补补也行啊。"

张竹多次劝爸爸在生活上多改善一些，可每一次问爸爸吃的什么菜，他都说吃一些青菜，有时还说没菜吃。这使张竹听了更加难受，总认为爸爸舍不得买菜吃。

"什么肉不肉的，医生说这种菜不让吃，那种菜不让吃，吃饱就算了，还菜不菜的。"

"别总在生活上亏自己。烟酒你少沾。"张竹劝说，他知道

父亲喜欢抽烟。

"我知道,你在外面也注意吃好,别舍不得花钱。"张顺发怕儿子在外舍不得吃肉,就劝他。别人家孩子一年只给家里邮寄几千元,剩余的全部在自己腰包,甚至全部花光。而自己儿子除了生活费,全部邮寄家中,远比那些在外打工却问父母要钱花的孩子强。

"中。"张竹怕父亲担心自己,急忙应承。

"过年回家吗?"张竹去年没有回家过年,张顺发就问儿子今年回不回。

"回,到时我和老板说一下。"

"那好。"

张竹又嘱咐父亲注意身体,不要过度操劳,才挂了电话。

4

保安过年没假放,张竹提前请假才得以回去。他带的东西不多,做任何事都喜欢轻装上阵。回到家,已是腊月三十,天空飘着大雪,刮着大风,冷飕飕的。他错过了路过村子的班车,只有到黄花镇下车,从镇上步行回家。他手机没电了,之前张顺发还和他说,下车就打电话通知他,他骑自行车来接儿子,现在看来是不行了。不过,他也不希望父亲来接他,风雪大,路面滑,还是自己慢慢走回去好些。

张竹提着行李箱,顶着风雪往家走。一路风雪吹得他睁不开眼睛,每走一段路他都会停下来拍拍身上的雪花。不出一个钟头,他就看到了风雪中的葫芦村,他现在距离葫芦村还有一里路,不由自主地停留在风雪中,呆呆地望着生自己养自己的葫芦村。葫芦村的房屋、树林、竹林都盖满了厚厚的一层雪,现在到处都是白的。他忽然对生自己养自己的葫芦村有一种凄凉的陌生感,他不想走大道回家,不想遇上村子的人,就绕到村后,从小道拐进村子。他到家时,家门锁着,就将行李箱丢在门口去寻父亲。风雪依然很大,十米开外就认不得行人是谁。他到村头桥上,见不远处一个小老头在大道上东张西望的,不禁奇怪,大年三十,家家户户都在家包饺子,他在这雪天里干什么?他凑过去,见这老头背影熟悉,不由地惊道:

"爸,你……你这是干啥?"

"娃子,你从哪儿过来?我在这儿等你半天都没见你?"一年多了,张顺发变成了小老头,张竹差点认不出父亲来。

"我从庄后回来的,手机也没电了,还等啥哩,快回家吧!"

"我说你早该到家了,这都下午两点多了。"

"十点多才在襄阳下火车,又转两趟车。"

父子两人说着,一边拍着身上的雪,一边回家去。张顺发见儿子回来,一路笑个不停。有的人见张竹回来了,问张竹有没有带女朋友回来,张竹只是苦笑摇头。对于张竹来说,除了回家看看年迈的父亲和母亲外,其他什么都不重要。到自家院子看了几眼,见房屋上和墙根处生了不少杂草,不由得心头一酸,叹道:

"咱家还是老样子。"

"要想不一样得靠你,爸爸是不行了。"

张竹进了屋子依然感到臭气刺鼻,这味道和他离开故乡打工时候的味道没有什么两样。他进了妈妈那间屋子,只见一个老妇女似十来岁的孩子面朝里蜷缩在床上,乱蓬蓬的头发仿佛一辈子都没有梳理过。等他妈妈慢慢转过身去看他时,张竹见妈妈已经

瘦得皮包骨头,她满面污垢,眼睛深陷,尽力睁大眼睛看着张竹。她看到张竹,呜呜叫了两声,这声音不知是哭还是笑,也不知她还能不能认出自己已经长大的儿子。

"不是我不给她饭吃,是她吃不下去。若不是你……罢了,罢了。她前生一定是造孽了,你也是!"张顺发见儿子有些惊恐,恨不得跺脚说。

张竹退了出来,坐在门槛上发呆,以前下雪他还能逗逗他家的山羊。如今物已非,人亦非。张顺发将儿子行李箱提进屋,又出来道:

"你爷爷以前是做买卖的,我八岁时他就死了!如今到我这里便穷了起来,我都六十多岁了。"

张竹似乎没听到,继续发呆。张顺发又道:

"你也不要难过,人迟早要死的。你妈这样能坚持俩月已经不错了。"

"你说我回来有什么意思?"张竹说着,低下头哭了。

"混账,回来看看有什么错?咱们现在有两万块钱,你母亲的腿可以看了,可她这样子行吗?"张顺发以为儿子讨厌这个家便骂他。

"活个人有啥意思,不如死了干净!"张竹气自己害残了母亲,哽咽着说。

张竹坐在门槛上发呆。这时村上已经有人放鞭炮了,年三十和大年初一是中国最大的节日,这两天无论白天、黑夜,随时都有人放鞭炮庆祝节日。这个人人愉快的节日里,唯有他们父子没好心情,张顺发要去剁饺子馅,也就不理他。晚上七点,他们才开饭,开饭前张顺发在院子、堂屋点香烧表,最后又拿出一挂闪光雷鞭炮在院子点着放了。

张竹给母亲端了一碗饺子，李氏两手撑着床沿，半天才坐正。她端起碗，两手抖个不停，碗里的汤溅了她一身。张竹见母亲的手腕和麻秆棍一样细，心像刀刺一般，无论他心中骂自己一千次还是一万次，但都无法弥补他对母亲的伤害。李氏慢慢将饺子往嘴里扒，她好不容易扒到嘴边，因为无力而嘴巴张得小使饺子刚刚碰到她的嘴唇便掉了下来。张竹见母亲不能自己端碗吃饭，端起碗喂母亲，李氏吃了三四个饺子，喝了几口汤，就再也不吃了。张竹无奈，将碗端走。张顺发见儿子在李氏房间待得久，叹气道：

"她活一天是一天，你也不要难过。"

"她吃不下饭，还咋着活？"

"她这是胃炎，早五六年前就有！"

"要不让妈妈到医院看看？"

"行啊，你不看看这是什么日子？要去也过几天再说，胃病三分靠治，七分靠养。你叫她吃饭时，她赖床不起，等饭凉了她吃一点又不吃了！我养她快二十年了，虽然打过她，却没有太过分！可是你……"张顺发咬咬牙不想再说了。

张竹像犯人一样低着头，村子的鞭炮声使他烦躁不安。他只想过几天就和父亲一起带母亲去看病，好歹解决母亲吃不下饭的问题。最近他无聊得很，幼时的玩伴梦梦和小波已上高一，他们来找张竹玩，张竹不愿出门。他们知道张竹心情不好，不住劝他到村外散心，张竹才极不情愿地跟他们一起去。一路上遇到不少熟人，这个问他有没有女朋友，什么时候结婚；那个问他今年挣了多少钱，什么时候盖房子。问得张竹一肚子火，却无处发泄，使他远远见到熟人就避开，不与他们碰面。

他的郁闷没有因为跟着梦梦和小波到村外散心而有所减少,反而使他的心情更加沉重,更加不想待在家里,时时刻刻都想着逃离葫芦村,躲避所有认识他的人。正月初五一过,张竹就嚷着让父亲带母亲去看病,他自己请了十天假,也不敢多耽搁,时间实在不够,只有续假。张顺发找个三轮车驮着李氏去平安县人民医院,张竹骑自行车跟着,聚在村头的人见张顺发驮个头发蓬乱的神经病女人,惊愕地看着他们父子。

"她都这样,你还驮她去看病?本来她有半条命,你这一路颠簸,她连半条命都没了!"有的人知道李氏身体状况,不由地说道。

"顺发啊,她能吃什么,你就给她吃什么!"

"憨东西吃不下饭了!俺们娃子说要带她到医院看看!"张顺发说着。

"她一个什么都不懂,没有任何意识的人,死了和活着有什么区别?"

"只要有生命的东西都值得尊重!"

张竹吼了一声,吓得村头人一怔。他们见张顺发父子带着李氏去了,半天说不出话来。张顺发带李氏到了平安县人民医院,医院的人像接待怪物一样接待了李氏这位病号。医生问李氏的病状,张顺发说了。医生说是胃炎,要在饮食方面注意,就开了半个月的药给李氏。张竹又问医生,如果像他母亲这样,腿断了,能不能动手术。医生奇怪地看看他们父子,又看看剩半条命的李氏摇摇头道:

"依她这种状况是不行的,手术对她伤害会更大。手术前后要注意很多事项,她这样很麻烦。"

"走吧，你真想让她挨刀，就等她身体好点再说吧！"张顺发叹气道。

之前张竹还担心母亲的病是不是胃癌，现在他才放心。眼看张竹请假的期限将到，张竹想观察母亲一段时间，不得不打电话给公司续假。公司说最多给他续三天假，续假过后不来，按自动离职处理，没有一分钱工资。

张顺发知道这事，就劝他早点到深圳，免得没了工资，家中一切有他呢。张竹临行前，李氏已经吃了四天药，精神比先前好多了，饭量也有所增加。张顺发炖的鸡汤、鱼汤，她能喝上多半碗。张竹见母亲渐渐好转，也就放心去了深圳。

来深圳后，他隔三差五询问母亲情况，张顺发说和他去时差不多。张竹听了怏怏不乐，又无法多问，嘱咐父亲多多留意，张顺发也交待他不要总是担心家里，安心上班。

就在张顺发送李氏去医院又回到家的当天，他的脚脖子就肿了起来，这一次肿的程度远比他前几年去县城买网肿得厉害。上一次他骑的是单车，比较轻便，这一次，他骑的是三轮车，又驮着李氏，就没那么轻松了。他家中没有药，晚上就烧了一锅开水，用盐水泡脚脖子。第二天肿消了一些，他又骑着单车去七里村薛中医那开了五天的药。

当时张竹见父母都病了，一个人偷偷跑到河边哭了起来。他哭完，又怕父亲看到痕迹，就抓了两把路边还没有化的雪在脸上洗了洗。去深圳的前两天，他就发誓一定要在深圳混出个名堂，保安是绝对不能再当了。他想："其实我并不可怜，和那些残疾人与孤儿比起来，我是幸运的！"

一到深圳，他就踅摸着找个什么技术学学，模具和修车他都

第十二章

考虑过。他辞职后,选择了学习数控CNC,这个行业可以慢慢往上升,学会了操机,可以学习编程,甚至模具设计。他起初去大型CNC加工厂应聘学徒,人家要求中专毕业,他没有证件,也就没有办法,只得在加工店当学徒。加工店老板怕学徒的学半天偷了他们的铜材料玩失踪,要求学徒工交一千元押金,半年后再退还。张竹想学,就交了一千元押金。他当学徒的第三天,张顺发来了一个电话。张竹接了,张顺发有气无力道:

"娃子,你妈不行了!"

"什么?我妈怎么了?"张竹惊恐地问。

"昨天晚上下了一场大雪,你妈就不行了!"

"你……说什么?"

"你妈死了!她今天早上死了!"张顺发几乎用尽全身力气和儿子说。

张竹呆在那里,仿佛看到故乡有两位天使带着母亲飞到了天堂,飞到了没有罪恶与痛苦的地方。东边日出西边雨,道是无晴却有晴。人,不会处处坎坷,雨天过后,总有阳光。他似乎听见母亲说:"春天就要来了。"是的,冬天过了大半,春天自然要来,万物自然要复苏。

阳光刺得眼睛发疼,张竹不由苦苦地笑道:

"我等春风吹过来!"